JN195453

外様田敬

お前の生き様を見せてみろ！

池田正人
Ikeda Masato

RIGHTING BOOKS

【目次】

目次

プロローグ「外様田敬の『なんで⁉』な幼少〜青年期」

外様田敬は、運命に翻弄されがちだ。子どもの頃からそうである。

青森三沢の米軍基地で働いていた父と母と出会い、結婚して敬が生まれたのは昭和３３年のこと。人当たりもよく、気前のいい父であったが、ギャンブルが好きだった。いや、好きすぎた。借金を重ね、警察に追われるほどに。

そんなわけで、子ども時代は四畳半一間のアパート暮らし。母が働いて家計を支えていた。子どもの頃の家族団らんといえば、真っ先に思い出すのは、ふらっと帰ってきた父と久しぶりに親子水入らずで夕飯を食べていたときのこと。

「敬、しばらく見ないうちに大きくなったなぁ」と、楽し気に笑う父。

「帰ってくるの久しぶりですものね。よく生きてたわよね」と、おっとり笑顔の母。

「こう見えて、運だけは強いからな」胸を張る父。

「運が強いならギャンブルで勝てるでしょ。逃げ足が速いだけよ」笑顔２０％増しで鋭くツッコむ母。

「逃げ足が速いって、どういう意味？」首をかしげる幼い敬。

「それはね、敬…」

と、母が説明しはじめたとき、ダッダダッダダッとアパートの階段を駆けあがってくる複数の足音が聞こえた。その時には父はもう立ち上がっていた。

「ちっ、バレたか。じゃあな、敬。いい子でいろよ」

そう言い残し、父が反対側の窓から飛び出すのと、玄関扉がドンドンドンと激しい音でたたかれるのがほぼ同時だった。

「お父さん！」2階から飛び降りた父を心配して、敬が窓に駆け寄る。

父は隣の平屋の屋根の上に着地して無事だった。敬に向かって大きく手を降ると、そのまま屋根づたいに歩き姿を消してしまった。

「見たでしょ。敬、あれが、『逃げ足が速い』ってことよ」背中から聞こえる母の声は、この場に不似合いなほど落ち着いていた。

「せっかく帰ってきたのに、お父さん！　なんで!?」敬は、夕日に向かって叫んだが、父がこれほど切羽詰まった状況でも、とにかく明るいことだけは、心に強く残った。

通常、こういう家庭に育てばグレるか、逆にがんばって優秀な子に育つというのが物語の定番であるが、そうはならなかった。敬は、至って平凡な子に育った。成績はオール3、スポーツも中くらい。ただし、なぜか人生の節目でスポットライトが当たりがちだった。小学校を代表して隣の高校のサッカー部の全国優勝のお祝いメッセージを述べたり、中学の卒業式で代表挨拶をする役に選ばれたり。特に先生にひいきされていたわけでもなく、スピーチがうまかったというわけでもない。そのたびに「なんで？」と、不思議に思ったが、人に頼まれたり、頼りにされることは好きだったので、喜んで引き受けた。

中学では一番人気の野球部に入部してボウズ頭。高校では森田健作の「俺は男だ！」に触発され、女子にモテそうという理由で剣道部に入ったが、その場で頭をボウズ刈りされ、青春の夢は儚く消えた。入部時20人いた部員のうち、最後まで残ったのは2人だけという刺激（というより、しごき）に満ちた部活をなんとか乗り切り、出張しごきに来ていたOBから「ぜひうちのT大学に来い」と声をかけられ「もちろん！（嫌です）」とK大学に入学。今度こそ、チャラチャラした青春を送りたいと「活動週3日、楽しいキャンプ♪」という甘い言葉に誘われてワンダーフォーゲル部に入部するも、お察しのように、入部したとたん先輩たちの顔つきが変わり、「1次錬成行くぞ！次錬成は2週間の秩父連峰縦走だ！」と、50キロのザックを背負って山に挑むことになった。「なんで!?」と思ったが、一歩一歩のぼるごとに変わる景色に心うばわれ、山の頂上に立ったときに人生観が変わった。そこには、自分の足でたどり着いた高みでしか見られない景色があった。

ワンゲル部でも周囲から頼りにされ、しっかり主務を務め上げた。ちなみに部にはかわいい後輩女子もいたが、恋愛は絶対禁止だった。主務の立場では絶対に口にできなかったが、内心では（恋愛禁止だなんて、なんでだよ!?）と恨めしく思っていた。

就職は「車好きだからカーディーラー、それとも流行りの外食産業？」と夢をふくらませていたが、ゼミの恩師から「君は、銀行に向いているよ。これからの時代は銀行だよ」となぜか熱心に迫られ、断り切れず「じゃぁ、見学だけ」と出かけた港相互銀行で即日内定、人生のレールが思わぬ形で敷かれた。その背後に、ゼミの恩師が同銀行の頭取と「毎年１人ゼミの生徒を送り込む」という約束を交わしていたことなど、もちろん敬は知る由もなかった。

第1章【いきざま】

1. 赤残照会

１９８０年3月、ここは八王子の駅前。大学卒業間近の外様田敬は、真新しい紺色のスーツ姿でぶぜんとしていた。

本当なら、今ごろ、友人と卒業旅行に行ったり、卒業飲み会を渡り歩いたりしているはずだった。それなのに、今はひとりで、たばこの煙が充満しているうす暗いビル地下の喫茶店にいる。入行に備え、就職先である港相互銀行の八王子研修センターで、みっちり研修を受けることになったからだ。

敬の就職先である港相互銀行は、東京都心部を中心に展開していた。相互銀行とは、相互掛金というシステムを用いた無尽会社から発展した金融機関で、主な顧客は中小企業。無尽会社とは、あらかじめ定められた口数や給付金額に従って、定期的に掛け金を……難しい説明になるので、興味のある方は、ググっていただければ。なお１９８９年にほとんどの相互銀行が普通銀行に転換しており、その後、相互銀行法も廃止されたため、今の日本には相互銀行は存在していない。

研修センター行きのバスの待ち時間をつぶすべく、入った喫茶店で、まだ大学を卒業していないのに「なんで?」という思いを持て余す敬。当然、すべての「卒業○○」「思い出づくりの○○」

といったイベント類は、キャンセルとあいなった。心残りは他にもある。ワンゲル部は、男女交際が禁止だった。ただ敬には気になるかわいい後輩の女の子が一人いて、卒業〇〇イベントにかこつけて、あわよくばという思いもあったのだが、それもすべて水の泡と消えた。

（部活も縛りだらけだったけど、社会人になっても自由なんてない……苦い）

　と眉間にしわを寄せ、松田優作を気取ってコーヒーを飲んでいると、斜め前のテーブルで、新社会人とおぼしきスーツ姿の若者が、百円玉を積み上げて、熱心にインベーダーゲームで遊んでいるのが目についた。（これがサラリーマンの楽しみか）とひそかに嘆息した。

　３０分後、そのインベーダーゲーム青年が敬の目の前に座っていた。彼も新人研修を受けに来た同じ銀行の同期の新入社員だったのである。銀行といえば、お堅いイメージの就職先だったが、いろいろな新人がいるものだと感じた。

　もう一人、敬の印象に残っている同期社員がいる。初日に「僕は、銀行員となったからには、頭取を目指します。キミたちはみなライバルです」とうそぶいていた同室のいかにもエリートっぽい容姿の銀縁メガネの青年。２日目の研修で指導員から「声が小さい！」と叱られてしょげていたかと思えば、研修３日目に非常階段にスリッパだけを残して姿を消した。

　そんなミステリーっぽい出来事もあった中、敬は元気よく気合十分に研修をこなした。中でも大学時代のワンゲル部の経験をもとにした３分間スピーチ「そびえたつ山は険しく遠く見えますが、一歩一歩自分の足で進むしかありません。ふと、登ってきた道のりを振り返るとそれが自信となります」が好印象だったようで、研修に参加していた板橋支店の課長から「君は元気があっていいね！」と気に入られ、最初の配属先は、そのまま板橋支店となった。そんなわけで、研修が終わると、その足で午後から板橋支店へと向かうことになった。

その道中、課長から「最初に支店に入ったときは、元気よく挨拶するんだぞ」と指導されたので、板橋支店の窓口フロアに足を踏み入れたとき、スーッと鼻から大きく息を吸いこむと「おはようございます！　本日より配属になりましたぁ、外様田敬です!!」と、フロア中に響くような大声を張り上げた。いつもは静かな銀行ロビーに響き渡る大声に、窓口業務に携わっていた女性行員たちは、一斉に「ハァ!?」と振り返るし、お客さんたちは驚いてビクッとなった。

課長があわてて「すみません、今日から勤務する新人なものですから」と窓口の顧客にむかって、とりつくろうような笑顔でいそいそと説明したあと、クルっとこちらを向いて思いきり顔をしかめた。

「元気よく挨拶しろと言ったが、あそこまでの大声はいらん。常識で考えろ！」

勤務開始後わずか1分で叱られたのは、後にも先にも敬くらいかもしれない。

港相互銀行では、新人男性行員はまず1年間ほど預金業務に従事する。預金窓口を担当し、その後に融資業務、渉外と経験していくプロセスになっている。敬は、当座預金を担当することになった。

当座預金というのは、主に法人や個人事業主が業務で使用する口座である。手形や小切手というのは、大口の支払いや受け取りをスムーズに行うことができるため企業間の取引で多く用いられていた。今の時代なら電子決済が当たり前だが、敬が就職した当時はまだデジタル化が進んでおらず、手形や小切手による取引がメインであった。

業務についた敬がまず戸惑ったのは、手書きの小切手に漢数字の大字が使われていることである。大字とは「壱、弐、参、拾、萬」といった字数の多い漢字のこと。今ではご祝儀袋くらいでしか書くことのない古典的な文字である。なぜわざわざ画数の多いややこしい漢数字を使うのかと言えば、数字が改ざんされるのを防ぐためだ。

たとえば、「¥1、000、000」と数字で表記されている場合、¥の後ろに「1」と書けば「¥11、000、000」というふうに簡単に改ざんすることが可能である。それを防ぐために「金壱百萬円也」などと複雑怪奇な書き方をするのだ。なお、当時でもチェックライターという専用の印字機を使った小切手は、アラビア数字が用いられているのだが、手書きの場合は、必ず漢数字で書くことと決められていた。

当座預金の担当者が朝一番に行うのは「赤残照会」という業務だ。口座の持ち主が振り出している手形や小切手の金額に対して、口座の残高が足りているかどうかをチェックする作業である。例えばA社がB社に対して200万円の小切手を切っているのに、A社の当座預金口座に100万円しか残っていないといった場合、担当者はA社に「残高が不足していますよ」と電話などで通知を行う。その際、「営業時間内に入金がない場合は、不渡りになりますから」と念を押す。不渡りという言葉は、商売人にとって、とにかく耳にしたくない言葉である。ただし1度目の不渡りは、サッカーのイエローカードのようなもので注意で済む。2度目の不渡りを出すと、銀行業務の取引が停止される。いわゆるレッドカードで、その企業は社会的な信用を無くすことになる。

窓口対応に加えて、このような業務をこなしていると、あっという間に窓口が閉まる時間となる。ところで、他行が15時で営業を終了するのに対して、港相互銀行だけは16時まで窓口を開けていた。そのため忙しいサラリーマンやパート勤めの主婦に人気があったが、窓口を遅くまで開けている分、銀行内部は業務が終わってからが目の回るような忙しさだった。

そもそも銀行が15時までしか窓口を開けていないのには理由がある。当日の取引確認や帳簿の整理などを行い、その日、各支店に集まった手形や小切手を本店に集め、その後日銀で決済するためだ。そのような状態だから営業窓口を1時間遅くまで開けている港相互銀行の閉店後の忙しさたるや、他行の比ではなかった。

しかも、銀行の会計は1円でも合わないとアウトである。その日の取引をすべて計算し、出納帖と合えば「御明算」となる。合わない場合は「出納事故」となってしまう。現金が1円でも足りない場合は、1円玉を探して床にはいつくばったり、ゴミ箱をあさったり、行内を大捜査しなければならない。出納事故を起こした場合は、支店の評価が下がってしまうからだ。行員たちは「御明算」めざして、日々戦々恐々としているのだ。

2. 職場環境改善委員

銀行の窓口で顧客に対応するのは、その多くが女性行員である。港相互銀行も当時は東北地方などから、集団就職で女性行員たちを受け入れていた。上京してきた女性たちの狙いといえば、行内でいい相手を見つけて結婚することであり、行内結婚はとても多かった。

多聞にもれず、敬も入行して早々、女性行員たちからロックオンされていたが、本人は全く気付いていなかった。空気を読まず「大学の後輩がかわいい」とか「後輩をデートに誘うにはどうしたらいいですかね?」などと臆面もなく語る敬を、女性行員たちは早々にターゲットから外した。

いっぽう、婚期を逃し年を重ねて怖い物知らずとなったお局女性行員に対しては、周囲も腫れ物に触るかのように接した。敬なども、締めの後、計算が合わなくて頭を抱えていると「何やってんのよ」と、お局様にそろばんでバシンと頭をはたかれたりした。

敬がそんなお局様に立ち向かうことになる。板橋支店を牛耳っていたのは、お局オブお局の巴さんという女性行員である。ここだけの話、支店長でさえ口出しをはばかるほどの迫力ある女性だった。この女性は長年、支店のお昼休憩時間を自分の思いのままに牛耳っていたが、誰もそのことに文句を言うことができなかった。

そんなタイミングで敬が「職場の環境改善委員」に選ばれた。敬は張り切って、様々な行員に「改善したいところはありませんか？」とたずねてまわった。すると、とある女子行員から「あの……お昼休みなんですけど。今は一部の人が一番いい時間を独占しています。みんなその時間に休みたいと思っているので、交代で取ったほうがいいと思うんです」。

思わず「そんなの不公平じゃないですか。なんで、できないんですか」と、首をかしげた。まるで小学生の学級会で話されるような話題ではないか。女子行員は、首をすくめ、おびえたようにあたりを見わたし「あのぉ……巴さんが好きに牛耳っておられまして……」と小声で打ち明けた。

敬はドンと胸をたたき「私が改革しますから、安心してください」と、うけおった。女性行員は、ホッとした表情で「進言してくださると助かります」と笑顔になった。

敬は、意気揚々と巴に話しかけた。新人ながらに、職場改善委員という役目を与えられた敬は気合十分だった。人の役に立つことが敬の喜びなのだ。

「巴さん、昼休みですが、みなさんで平等に交代で取ることにしませんか？」

眉もキリリと鼻息あらく、巴に進言する。片足を組んでイスに腰かけ、ズズッとお茶を飲んでいた巴は、ゴトッと音をさせて湯飲みを置いた。ギロッと立っている敬を見あげた。

「あんた、誰に向かって物を言ってるかわかってんの？」

(あ、これ危ないミッションだった)内心では、あせりつつも、おびえを悟られてはいけないと平静をよそおう。おしだまった敬をにらみつけると、巴はガバッと立ち上がり腕組みをした。巴は敬よりも背が高く、見おろされるような格好になる。

「だいたい、仕事ができない人間ができる人間と同じ土俵に乗ろうだなんておこがましいわ。この世は実力主義、デキる人間は、自分の権利を主張して当然なのよ！　顔洗って出直してらっしゃい！」

キレ散らかしながら甲高い声で言いたい放題言うと、これ以上話は聞かないとばかりに巴はドスンとイスに腰を下ろし、猛烈な勢いでそろばんを弾きはじめた。

スーッと息を吸いこみ、出直そうかときびすを返しかけた敬。そのとき視界の端で、他の行員たちが小さく拳をにぎって(がんばれ)(負けるな)とエールを送っているのが見えた。はーっと息をはくと覚悟を決めた。ここで口論バトルをしたって、命までは取られまい。ただし、やみくもにケンカをふっかけるのではなく、あくまで穏便に、だ。敬は、巴に落ちついた声で話しかけた。

「あなたの理論はおかしくないですか？　そもそも企業には福利厚生という制度があり……」

「はぁ？　あんた新人でしょ。生意気言ってんじゃないわよ」

敬の反論に巴が猛反発。穏便作戦は、まったく通じなかった。売られたケンカなら買わねばならない。作戦変更だ。勝ちに行く！　敬はぐっとまなじりをあげた。

「ならば言わせていただきますけどね、行内の雰囲気を悪くしているのは、巴さんあなたですよ」

「はぁ!?　面と向かって侮辱されたのはじめてなんですけど！」

「でしょうね。みんなあなたにおびえてますから。でも私は忖度しませんよ！」

脳裏に剣道でしごかれた日々、ワンゲル部で遭難しかかった日々がよみがえってくる。（俺は、負けない）と、気持ちをふんばり、熱く口論バトルを繰り広げること約２０分、ようやく巴の気力がゼロになったようだ。

「ふ、ふん。生意気ね。覚えてなさい」

そう言うと、巴は荒々しく席を立ち廊下へと出ていった。敬のほうも、相当なダメージを負ったが、他の行員たちが、小さく拍手を送ってくれたのは、気分が良かった。ただし、遠巻きにみていた支店長が、こそこそっと近寄ってきて、敬の耳もとで小声で「いいぞ、もっとやれ」と言ったのには、（あんたが責任者だろ!?　何で、さっきまで黙ってみてたんだよ）と、心の中でツッコミを入れずにはいられなかった。

翌朝、敬は巴とのバトルを思い出し、（今日はどんな嫌味を言われるだろうか）と陰鬱な気分を抱えて出社した。ところが案に相違して、この朝の巴はこれまで誰も見たことがないほどごきげんだった。行員たちに「差し入れです～」と飴を配ったり、若い女子行員に『お茶出しね、いいわ。私がやるから』と率先して動いたり、敬にも「昨日のことは水に流してあげるわ」と、自分から歩み寄ってきた。敬はあっけにとられた。行内も巴のあまりの豹変ぶりに、ざわついている。

そこに訳知り顔の年かさの女性行員が耳打ちしてきた。

「巴さん、結婚が決まったらしいわよ」

「なるほど、それで」

「しかも、あんたが恋のキューピッドよ」

「えっ、なんで⁉」

「あんたと口論したことを恋人に愚痴っているうちに泣き崩れ、恋人がそんな巴さんにほだされて、ついついプロポーズしちゃったんですって。男って雰囲気に弱いのよね～」

見れば、話の輪の中心に巴が立って「おほほ、そうなの。お式には皆さんいらしてね」とほほ笑んでいる。周囲も「おめでとうございます」「お幸せに」「ホントに良かったです」と、にこやかだ。

なんだか自分だけ損な役割を割り振られたような気がしないでもないが、「みんなが幸せならまぁいいか」と、つぶやく敬だった。

巴の件で、社内の雰囲気が良くなり、なんとなく敬に対して「やるときはやる男だ」という認識が広まった。

ある日の帰路、敬は上司の課長と電車に揺られていた。課長とは、家が同じ方向で、電車が一緒になることが多く、時には立ち飲みで一杯やって帰ることもあった。その日も課長がふと思いついたように「外様田くん、今日これから時間ある?」と、おちょこを掲げる仕草をした。特に予定もなかった敬は「はい、大丈夫です!」と誘いに応じた。ところが、課長は、いつもの立ち飲み屋の前を素通りする。(なんで?)と、思いつつもついていくと、案内された店の中には敬の同期の行員たちが4人、雁首をそろえている。

「今日は何の集まりですか?」

「いやだから、外様田君の歓迎会だよ。野球部の新入部員!」

「いや、聞いてませんけど!?」

目を見開く敬に対して、課長はしれっと笑う。

「君、野球やるって聞いてたからさ、大丈夫、大丈夫」

「いや、大丈夫の意味がわからないです!」

「新入部員、外様田に！　カンパーイ‼」

「なんで〜⁉」

流れるような課長の勧誘トークに逆らえず、そのまま野球部に入った。

なお港相互銀行は土曜日も営業を行っており、休日は日曜のみ。しかし、新たに野球部に入った（というか、入らされた）ことで、敬の日曜日は、練習や大会でつぶれることとなった。そのころ、例のかわいい大学の後輩と少しいい感じになっていたのだが、会える時間がほとんどなくなってしまった。

さて、銀行というところは、歓送迎会が多い職場である。それは、人事異動が多いからだ。多様なキャリアや経験を積むためという目的に加えて、長時間同じ場所で働くことによる弊害、たとえば不正を働いたり、特定の顧客との癒着を防ぐといった理由もある。同じ支店で２〜３年も働けば、すぐに異動となるため、ほぼ四半期ごとに歓送迎会がひらかれていた。

あるとき、副支店長が「う〜ん、いつも同じような歓送迎会続きで飽きたな。趣向を凝らした歓送迎会はできないものか？」とこぼしているのを聞いた敬は「私が企画します！」と、手をあげた。人を楽しませることは、大好きなのだ。実は敬には、とあるアイデアがあった。それは当時、流行りだしていたディスコを会場にするというアイデア。お堅い職場で働く銀行員たちが、どんな風にはめをはずすのか、興味があった。

さて、送迎会当日。ディスコという目新しい会場に、若い行員や女性行員は大喜びで踊りの輪に飛びこんでいく。外様田もごきげんにビールを片手に「イエ〜ィ」などと盛り上がっていたが、ほどなくして困り顔の副支店長がやってきた。

「外様田くん、まずいよ。支店長が『なんだね、この破廉恥でチープな店は、目がチカチカするし、音がうるさすぎる。誠にけしからん』と、ご機嫌ななめなんだよ」

敬は、ニヤリと笑った。

「あと5分待ってください。支店長をご機嫌にしてみせますから」

「ほんとかなぁ〜、頼むよ」

それから5分後、敬の予言通り、フロアの中央で支店長はご機嫌を通り越して上機嫌。鼻の下をだら〜んと伸ばしていた。支店一と評判の美人女性行員とのチークダンスが、支店長のディスコに対するイメージを一変させたのだった。

「外様田くん、グッジョブだよ！」

副支店長の安心した顔を見た敬は、ビールを片手に「イエ〜イ!!」と叫んだ。

そんな盛り上げ要員、あるいは庫内のトラブル処理担当として重宝された敬だが、入行1年後、仕事の上では、同僚たちに少し水をあけられた格好となった。同期の行員たちが全員融資課に移った後も、敬は引き続き窓口でテラー業務を担当させられていた。

じつは、敬の人当たりの良さから、窓口に来る主婦や高齢女性といったファンからの人気が高く「こいつは窓口に欠かせない」という上の判断だったのだが、本人はそんなこと知る由もない。

なんとなく、くさくさした思いを抱えた夏休み。例のワンゲル部のかわいい後輩をドライブに誘ったりするうちに、いい感じになり、ついに正式に付き合うことになった。そのまま勢いで、ふたりの関係をさらに深めようと胸をドキドキさせつつ提案した。

「俺、９月に遅めの夏休みを取るから、一緒に山に登りに行こう！」

「はい！　先輩」緊張しながらも、満面の笑みでＯＫしてくれた彼女。敬は歓喜した。幸せな９月を心待ちにしつつ、翌日、出社した敬を待っていたのは、

「この度、月島に新店舗を開設することになりました。ついては、外様田君、君、準備員として行ってね」という非情な宣告。

「え、私の夏休み……」

「あるわけないじゃないか。新店舗だよ、やりがいあるよね。はい、行ってらっしゃい」

と、明るく送り出され、幸せな９月は、まぼろしと消えた。

３．かくれ年金

月島に新支店を開設することになったのは、三葉という都市銀行の月島支店が年金受給件数日

本一を誇っていたからである。三葉銀行が独占状態にある月島に港相互銀行も乗り込もうという算段だった。

新支店開設のために各支店から選りすぐられた行員たちが、本店の2階に集められた。部屋に入るなり、敬は天を仰いだ。

(明らかにヤバい人がいる)

逆三角形のガッチリとした体躯、頭はパンチパーマ、紺地に白ストライプ柄のスーツ。このあきらかに堅気ではない雰囲気の人こそ、港相互銀行の名物行員、課長の伊達だった。しかも、どうやら伊達が現場を指揮するようで、伊達は部屋の中央に置かれた机の反対側に回り込み、対面の行員たちをなめまわすように見た。

「よーし集まったな。それではさっそく作戦会議を行うものとする！」

と、野太い声を張り上げ、机の上にバサッと月島の地図を広げた。

「おまえたちよく聞け。これから新支店の候補地の下見に行く」

行員たちは顔を見合わせ笑顔を浮かべて、うんうんとうなずき合った。新しい支店の場所と聞いて心を弾ませたのだ。

伊達はそんな浮ついた空気を切り裂くように「油断するな！」と怒鳴った。ピリッとした空気があたりに漂う。敬も思わず表情を引き締めた。

伊達は、金属製の指示棒を伸ばし、ビシッと地図の一点を指さした。

「いいか、ここが当行のライバルである三葉銀行月島支店の場所だ。三葉銀行には、まだ我々の支店開設を知られてはならない。よって新支店の候補地にはA班、B班の2班に分かれて行く。そして」

伊達はまた地図の別の場所を指さした。

「ここX地点で落ち合うものとする。A班はこのルートで、B班はこっちのルートを使え。いいか、極秘任務だからな、心してかかれ！」

まるで軍隊の軍曹のような指示である。

「はいっ！」

周囲の行員たちが背筋をピンと伸ばし、兵隊のようなピリッとした声で返事をした。社会人2年目の敬は（なんだこれ、すごいとこに来ちゃったなぁ～）と、戸惑うばかり。そんな胸の内を見透かしたかのように、伊達は、指示棒でビシッと敬を指ししめた。

「おい、そこのおまえ、聞いてるのか!?」

「はい、聞いてます！」あわてて背筋をピンと伸ばす敬。そこは体育会で鍛えられた瞬発力が備わっている。

「わかっているのか!?　ここ月島はお年寄りが多い。銀行にとっては、年金受給口座獲得の一大戦地だ。他行との競争に競り勝って、勲章を手にするか、それとも泥沼に沈むのか、すべてはお前たら次第だ」

そこまで言うと伊達は、眼光鋭く敬をにらみつけた。

「おまえのいきざまを見せてみろ！」伊達の口もとには笑みが不敵な浮かんでいる。

「はいっ！」

あのひたすらしごきを受けた剣道部やワンゲル部の熱量が身体の中に一気に戻ってきた。

（なんかわかんないけど、熱い）敬はぐっと手を握りしめた。

伊達の「いきざま」という言葉が、敬の胸の中にしかと刻み込まれた。

先輩行員たちとX地点に移動する途中、伊達についての様々なエピソードを聞かされた。

曰く、「前の支店にいたとき、伊達さんがめずらしく欠勤してると思ったら、警察につかまってたんだよ。なんでも「暴走族がうるさい、成敗してやる」と模擬刀をもって出歩いていて、しょっぴかれたらしい」とか。

曰く、「また別の日に、朝来ないなと思ったら、選挙カーの上で街頭演説してた候補者と激しく口論してた」とか「飲み屋に行くと9割以上の確立で、脱ぐ。パンツ一丁だ」とか。

（よくわからないが、熱い）

徐々に伊達に魅了されていく敬だった。

翌日から月島での営業がはじまった。新店舗はまだ建設中である。準備委員たちは、近隣の建物の一室を開設準備室として借り受け、そこを拠点に活動することとなった。

伊達は、朝から気を吐いている。壁に貼られた月島の地図をドンと平手でたたいた。

「まずは、挨拶訪問だ。全世帯をしらみつぶしに訪問しろ。ノルマは、１日２００軒」

（２００軒×１０人で回れば、１日２千軒か、月島地区の世帯数が３万軒として、だいたい２週間くらいで終わりそうだな）と試算した敬だったが。

「まさか、１回訪問して終わりだなんて思ってないだろうな。訪問は１軒につき１０回だ！」

つまり訪問回数は、３万軒×１０回＝３０万回となる。

（ええっ、何で⁉）と思ったが、他の行員たちは誰も驚いていないので、敬も動揺をこらえた。効率よりも、とにかく数をこなしたり、残業など仕事に時間をかけることが美徳だとされていた昭和時代ならではである。

そんなわけで、挨拶訪問として月島中を歩き回る日々が始まった。当時、この地区は昔から住んでいる地元住民がほとんどだった。歴史ある下町で人情に厚いが、その分、よそ者には警戒心が強い。挨拶に行っても相手にされないで追い返されることが多かった。

あまり成果の出ないままに、３カ月が過ぎ、準備委員たちのがんばりにより新店舗開設記録更新し港銀行月島支店が開設された。

銀行の営業は、入行年数に応じておおまかに仕事内容が決まっている。1年目は預金を中心とした窓口のテラー業務、2年目からは融資担当、地力がついたところで渉外担当となる。

入行2年目の敬の本来業務は融資担当である。しかし、下町の住宅街に開設された新店舗であるから、融資先など存在しない。そこで、

「外様田は、どこを回ってもいいから、年金だけ取ってこい」と命じられた。

これが難しかった。というのも、月島の住人たちは、昔から付き合いのある三葉銀行を大切にしがちであった。

尋ねた先では、応対に出た老人たちから「そんなに何回も来られてもねぇ」「こっちとら義理と人情だからな」とすげなくされた。長年付き合いのある金融機関から新しい銀行に乗り換えるというのは、そんなに簡単なことではないのだ。

支店に帰れば支店長から毎日「何件取った？」と問いただされる。毎日、胃の痛くなるような思いで営業まわりをしていた敬は、ある訪問先で年金に対する質問をされたが、とっさに答えることができなかった。

（これではダメだ。年金のことをもっとよく勉強しよう）と、本屋で年金に関する本を買い求めた。

じつは当時、まだ年金制度が始まったばかりで、その仕組みをよく理解していない人が多かった。受給者は、通常、通算老齢年金をもらうのが主流だった。通算老齢年金とは、複数の年金制

度に加入していて、それぞれの加入期間が短く受給資格を満たさない人のために、複数制度の加入期間を通算できるという制度。だが、年金制度への理解が乏しく、きちんと規定通りに年金を受け取っていない人も少なくなかった。

例えば、厚生年金や国民年金だけでは受給資格がないので年金をあきらめていたが、両方を合算すると受給資格をクリアする人や、さらに戦時中、軍需工場で働いていたが、その分の年金をもらっていない人などもいたのである。

敬は、老人たちに対して、今どのように年金をもらっているか確認した。すると、本来２口受給できるはずの人でも１口しかもらっていない人が多かった。

「もしかしたら、さらにもらえる年金があるかもしれないから、私に調べさせてくれませんか？」

と、昔の職歴などを調べあげ、本人の了承を得て、手続きも行ってやった。

次にその家を訪問したとき、とある老人の態度がガラリと変わった。

「ちょっとちょっと、２５０万もの大金が振りこまれたんだが。何をしてくれたんだ？　いや、ありがたいねぇ」

「それは、本来、あなたがもらうはずだった年金ですよ」

とニッコリ笑う敬。それから、風向きが変わった。

成功事例を営業トークに取り入れると、我も我もと年金の確認を頼まれた。老人のご近所さん同士「港相互銀行の外様田という行員は年金を取り戻してくれる」と、口コミが広がって、営業がやりやすくなった。さらに年金を余分に受け取れたことをよろこんで、年金の振り込み先やメイン口座までも港相互銀行に乗り換えてくれる顧客が増えたのだった。

しばらくして、港相互銀行でロールプレイング大会が開催されることになった。ロールプレイング大会とは、各支店の営業や窓口対応を寸劇にして、数人で演じてみせ、その内容の優劣を競うイベントだ。優れた営業手法や対応の仕方を他の支店と情報共有するのが目的である。じっさいに行員たち自身が、演劇として演じて見せるからこそ、しゃべり方や間の取り方など、他の行員たちの参考になりやすいのだ。

月島支店では、敬の「年金営業トーク」を題材に「かくれ年金を探せ！」という寸劇を演じることになった。

寸劇の内容は、休憩室で女子行員が敬に話しかけるシーンから始まる。

「外様田さん、最近、年金の振り込み契約、すごく増えてますよね。私にもやり方を教えてください！」

「お客様に、年金をもらい損ねているかもしれないという話をして……」

というように、敬が客とのやりとりを演じてみせる。

最後には、「一番のご褒美は『思ってもみなかった年金を受け取れた』とよろこんでくれるお客さまの笑顔なんだ」と、しめくくるといった内容を１０分程度の寸劇にまとめた。

　全支店を5つのブロックに分けた予選会に出場したところ、敬たちはブロック代表に選出された。予選会を勝ち上がってきた5支店の代表チームによる決勝大会は、千代田区の九段会館で行われた。九段会館とは、昭和天皇の即位の礼の記念行事の一環として、昭和9年に竣工された建物。かつては軍人会館と呼ばれており、戦後は一時進駐軍の宿舎としても使われていたことがある。

　そんな歴史ある建物のホールで、約2千人の行員が注目する舞台。敬は、まったく緊張することなく生き生きと「年金営業トーク」を演じてみせた。その結果、月島支店は、見事に優勝を勝ち取った。

「いや、すばらしい。劇の内容もよかったが、何より営業のしかたがすばらしい！」

と、銀行の頭取以下、経営陣にもベタ褒めされた。やがて、敬が開発した年金に関する営業手法は、のちに年金推進部という新しい部ができるきっかけともなったのだった。

　ここで、軽くこの当時の日本の金融事情を見てみよう。二度にわたるオイルショックを乗り越え、経済が上向き状態であったこの頃、日本には都市銀行が１２行に加え、各都道府県に地方銀行、相互銀行、信用金庫、信用組合と金融機関が多数存在していた。そのため大蔵省は、銀行の数を減らそうといろいろ画策をしていた。

　港相互銀行では、大蔵省からの天下りだった前頭取が退任し、新卒からたたき上げで地位を上り詰めてきたプロパーの斎藤頭取が誕生した。のちにこの斎藤頭取の水面下での動きが、大きな社会問題となるのだが、敬たち一般行員には、そのような動きはまったく察知できなかった。

4. 八角神輿

必死で営業活動をしている間に、またたく間に1年が過ぎた。敬は年金の成功を認められ、ついに渉外担当となった。ただし、同時に担当地域が佃島に変わった。佃島は、狭い上に当時は家が少なく、野原が広がっているような土地だった。そのため法人がほとんどなく、渉外として営業をかけるのが難しいというおまけつきだった。

狭い地域だから自転車で回っていても、毎日のように同じ人と顔を合わせることになる。すっかり顔なじみになり「どうも!」「おー、毎日精が出るね」と挨拶は交わすが、新規の顧客など開拓しようもない。

「まずい」さすがに生まれつきの楽天家である敬も顔が曇る。

というのも、月末には、営業成果を発表しあう会議が行われる。成果が上がらなければ、この会議で徹底的に責めあげられるのだ。

「おまえは、この一カ月何をやってたんだ!?」「話にならん!」「帰れ!」などとありとあらゆる罵詈雑言を浴びせられたり、稟議書を投げつけられたり。今の時代ならパワハラ認定間違いない。

ひどい叱責を受けて大の大人が泣くことも珍しくなかった。当時は、どこの銀行、どこの支店でも同じような光景が繰り広げられていたのではあるが。

自分の身に必要以上の罵詈雑言が降り注ぐのは、避けたい。営業会議の叱責を回避すべく、敬は必死に知恵を絞った。とは言え、そんなに簡単にアイデアが出るわけでもない。あてもなく町中を自転車でうろついているとき、ふと町内掲示板が目についた。訃報のお知らせが掲示されている。

「あ～、あそこのおじいちゃんも亡くなったのか。いい人だったのになぁ」

と、つぶやいた敬。そのとき電撃のように閃いた。

敬はその老人の葬儀に３千円の香典を出した。顔見知りという程度で、きちんと会話したことすらないほどのうすい縁であるにもかかわらずだ。その足で支店に戻ると、敬は支店長に先ほど供えてきた香典を「経費でお願いします！」と交渉。支店長に「なぜだ⁉」といぶかしがられながらも「営業のためです」と押し切った。そして、老人の葬儀が終わってしばらくした頃にその家を訪れた。

「あ、港相互さん。あの……ご香典ありがとうございました。でも、うち、お宅様とお取引ないんですけど、こんなにしていただいて、いいのかしら」

玄関口の中年女性は戸惑いの表情だ。

「いえいえ。うちは地元密着でやらせていただいてますので。月島、佃島といえば人情の厚いお土地柄、お葬式はやはり助け合いの気持ちと言いますから。うちとしてもなんとか地元の皆さまのお役に立てればと……ところで、お葬式の後も何かと大変かと思いますけど、何かお手伝いできることはありませんでしょうか？」

立て板に水のごとくすらすらしゃべる敬に気をのまれたかのように、女性はたずねた。

「お手伝いって、どんなことをお願いできるのかしら？」

「例えば、うちは銀座の南武百貨店さんと取引がありまして、お返しの品などご相談にのれます」

「あら、ちょうど困ってたのよね。南武百貨店なら安心だわ」

という具合にとんとん拍子に話がすすんだ。

すかさず南武百貨店の外商に電話を入れ、

「葬儀の返礼品を安く請け負ってもらえないだろうか。今後も何かあれば、南武百貨店さんを紹介するから」と交渉。南武百貨店側も大喜びである。

後日、葬儀のあった家を南武百貨店の担当者と訪れ、定価の2割引きで香典返しの商談がまとまった。

「発送も南武百貨店さんでお願いできるなんて、助かるわ」

と、顧客が満足げな表情をしたタイミングで、敬はさりげなく切り出す。

「あの、よければご香典のほう当行でお預かりさせていただけませんか」

「ええ、今回は外様田さんにお世話になっちゃったし、ぜひお願いします」

ということで、香典の総額３００万円を預金してもらえることになった。

それだけでは終わらない。この香典から南武百貨店への支払いが行われることになるわけだが、敬は百貨店側に「支払いを３カ月だけ待ってほしい」と頼み込んだ。なぜかと言えば、その３カ月の間、香典として預かった３００万を定期預金にするためだ。定期にすれば、それなりの利息がつくため顧客にとってもメリットとなる。

敬の成績は上がるし、顧客も喜ぶし、百貨店も喜ぶという、まさに「三方良し」の仕事となった。この後も、同じようにお葬式のあった家庭でのお手伝いを繰り返し、南武百貨店の信頼も勝ち得て、担当者とは電話一本で話が通じるほどの間柄となった。

こうして、敬は成績を伸ばし、月末の営業会議での叱責を逃れることができたのだった。

だが、そこで満足しなかった。脳裏で常に「おまえのいきざまを見せてみろ！」という伊達の言葉がリフレインされていたからだ。

「いや、お客さんのために、もっとできることがあるはずだ」

敬は、その後も顧客の家に足を運んだ。そして、話を聞くうちに、遺族が「役所に行ったり、年金事務所に行ったり、大変だよ」とこぼすことに気づいた。

「これだ！」と、ひらめいた。

敬は、返礼品を皮切りに、その後の事務手続き、例えば、生命保険や年金、夫に先立たれた主婦の遺族年金などの相談を受けはじめた。相談を受けるだけではない、生命保険会社への連絡や書類の整備もすべて代行した。

家族の死の後、遺族が心労に思うのは、煩雑な事務手続きである。今の時代でこそ、役場の窓口が一本化されるなど、遺族に寄り添う行政が行われるようになってきたが、当時は、インターネットなどもなく、すべてが手探りで手間がかかる作業だった。しかも、行政の窓口はばらばら、また別の場所にある年金事務所にも足を運ばねばならないなど、とにかく手間と時間がかかる。そこを銀行の担当者が肩代わりしてくれるというのだから、心労を重ねた遺族にとっては、どれほどありがたかったことだろう。

こうして遺族のために労を取った結果、遺族年金の振り込み先が港相互銀行になるのだから、顧客にとっても敬にとってもウィンウィンとなったのだ。

そのころになると、仕事の面白味がわかり、さらに佃島にもなじんできた。

笑顔で「何かお困りのことはありませんか？」と尋ねて回る敬を信頼する人が、佃島の中で日増しに増えていった。たった半年ほどで、昔かたぎの頑固な老人たちが住む佃島で、ここまでなじめるのは敬の努力と持って生まれた才によるものだろう。

中でも、たみさんというおばあちゃんは、敬のことを実の孫のように信頼した。少し認知症気味ではあるが、一人暮らしで、凛とした佇まいの老婦人である。月に一度、港相互銀行にふらりと足を運んでは、着物の帯の間から１００万円の札束を出し「敬ちゃん、これ定期にしといて」と頼むような裕福な女性である。

ある日、たみさんから「ちょっと、家に来ておくれ」と、呼びつけられた。何事かとかけつけると、パリッとした着物姿のたみさんが「すまないねぇ」と、家に招き入れる。たみさんは、通りを右、左とするどい目つきで確認してから、そそくさと玄関扉を閉め、敬に訴えた。

「あたしのお金を誰かが狙ってんだよ。でも、買い物行かなきゃなんないからさ、あんたちょっと留守番しててくれないか？」

「もちろん、かまわないですけど……」

たみさんは「ありがたいねぇ。それじゃよろしくね」と、さっさと外に出ていき、なんと外から家にカギをかけてしまった。

「出られない」

仕方がないので、テレビを見ながら待っていると、１時間ほど経ってたみさんが帰ってきた。お寿司の折り詰めを「ありがとね。助かったよ。お礼に、これ食べて」と笑顔で差し出してくれるのだった。

敬は、お寿司をほおばりながら、（たみさんは、世の中のほとんどの人を疑っているのに、自分のことは信頼してくれているんだなぁ）と、胸が温まるのだった。

支店に戻ってその話をすると、年かさの女子行員から「外様田君はマダムキラーだね」と笑われた。

「そうですかね〜」と半信半疑だったが、つぎはミツさんというおばあちゃんからご指名が入った。ミツさんもまた、敬のことを孫のようにかわいがっていた。ミツさんには、一人息子がいるのだが、遠くに暮らしていてなかなか帰ってこない。「遠くの息子より、近くの銀行員」というわけでもないのだろうが、何かにつけて敬を頼りにし、かわいがってくれていた。敬が大学の後輩、郁美と結婚することになったと報告したときには、「おめでとう！」と、おしめを山のように贈ってくれた。

（ありがたいけど、まだ結婚もしてないし、少し早いんだよな）と郁美と顔を見合わせて苦笑する敬だった。

ほどなく、郁美と晴れて結婚式を挙げた。そのときの写真は、地元の皆さんに、もっと行員のことを知ってもらおうという目的で開催された写真展に展示した。支店のロビーで敬の結婚写真を目にしたマダムたちから、

「あらぁ、敬ちゃん、いつ結婚したの？」「私にナイショだなんて」「ショックだわぁ〜」と、す

ねられたりした。

　そのころには、敬は佃島の老人たちの私設会計士のような役回りを担っていた。郵便局の１０年物定期預金の満期を忘れてしまう人、引っ越しで証書がどこに行ったか分からなくなってしまった人、火事で証書が燃えてしまった人。理由はそれぞれだが、証書が無くなって困っている人たちから「どうしたらいいかねぇ」と相談されることが多かった。

「無くしたものは仕方ないですけど、今後、紛失を防ぐためにコピーを取っておくといいですよ」

「コピーなんてわかんねぇよ」

「私に預からせていただけるなら、すべての証書のコピーを取ってきてあげますよ」

と、いうようなやり取りがあり、敬は担当している顧客の証書のコピーを取るというサービスをはじめた。

　ある日、証書のコピーを取っていたら、ミツさんの東都という都市銀行の定期預金３００万円が満期になっていることに気づいた。

　すぐにミツさんに連絡を取った。

「ミツおばあちゃん、東都銀行の定期が満期になってるよ。もしよかったら、その後、うちでそのお金預からせてもらえませんか？」

「あら、いいわよ。でもねぇ。ひとつ問題があるのよ」

「問題？」

「あの銀行の、定期預金の窓口って2階にあるのよねぇ。それが問題なのよ」

その問題を解決すべく、数日後、敬はミツおばあちゃんをおんぶして、東都銀行銀座支店の外階段をのぼっていた。

じつはミツおばあちゃんは、足が悪くて階段がのぼれない。さらにエスカレーターが苦手だったのである。しかも、東都銀行銀座支店を訪ねてみると、階段が外にしかなく、一般客が使うことはほとんどないらしい。事情を話し、特別に外階段をのぼらせてもらえることになった。

東都銀行の行員が苦笑いしつつ、ふたりを見守っている。

「おばあちゃん、しっかりつかまっててね」

「敬、私を落とすんじゃないわよ。わかったね」

「はい、はい。おばあちゃんは人使いが荒いなぁ」

満期の定期預金を受け取りに来ている顧客に、他行の行員が付き添いをしている状況はどう考えてもまずい。ということで、敬はミツおばあちゃんの孫のふりをするというオプション付きであった。

そうしてたどり着いた定期預金の窓口でミツおばあちゃんは、みごとな演技を見せた。

「この定期のお金全額下ろしたいの。この孫が家を買うっていうから、その頭金にと思ってね」

ぼろが出ないように、敬は背後でだまって見守っていたが、ミツおばあちゃんの名演技に心の中で拍手を送ったのだった。

８月に入り、佃島がお祭り一色にそまった。佃島にある住吉神社で、３年に１度のお祭りが行われるのである。とても珍しい八角形の八角神輿が町を練り歩く。

祭りの期間中、港相互銀行の月島支店前には神輿所が設置されたため、営業ができなくなった。

「地元の皆さんへの恩返しだ。おまえら、全員、神輿かついでこい！」

と、伊達の一言で、敬たちもわらわらとかけだして、神輿をかつぐことになった。ところが、この祭り、水祭りでもあるため、容赦なく水をぶっかけられる。真夏の暑さによる汗と水しぶきで、全身びしょぬれである。若い敬にとっては、はじめての本格的な祭りだ。最初のうちは（銀行員なのに、なんで!?）と思っていたが、地元の人たちと一緒になって、神輿をかついでいるうちに、自然に祭りの一体感に気分が高揚していくのを感じた。ほかの行員たちも日頃のどこか張りつめたような表情ではなく、心からの笑顔がはじけている。

（月島、いいとこだな）敬は「わっせ、わっせ」と神輿をかつぎながら、そう思った。

地元の人に愛され、親しまれた敬だったが、３年が経ったころ、転勤が決まった。

5. 日本一

敬の新たな勤務先は、月島支店の次にできた新店舗、千葉県市川市にある市川支店だった。その開店準備に駆り出された敬は、地域の住宅をくまなく訪問する軒並み営業でいい成績を残したために、そのまま市川支店に異動となったのだ。

転勤は、銀行員の宿命である。結婚した敬は新居を埼玉県内に構えていた。すでに郁美のお腹には新しい命が宿り、幸せいっぱいの生活である。にもかかわらず、忙しくて家でのんびりできないことが悩みの種であった。

(埼玉から千葉か。通勤が大変だな) それが真っ先に頭に浮かんだことだった。

さて、市川支店の開設にあたり、港相互銀行では、顧客に対しておもしろいアイデアを用意していた。それが「インスタント通帳」である。どういうものかといえば、あらかじめ2000円が記帳されている通帳がそれだ。行員たちは、このインスタント通帳を持って「この2000円から新規でお取引をお願いできませんか?」と、営業に回るのである。さらに「開店日に市川支店に来てもらえれば、この通帳と記念品をお渡しさせていただきます」と、いう仕掛けもある。

この2000円という価格が、顧客にとっては絶妙だった。1万円というと一気にハードルが高くなるが(2000円なら、まぁいいか。記念品ももらえるし)と、顧客の心理を巧みについた金額設定だったのだ。

ただし､中には成績を上げたいがために､グレーな営業をする行員もいた。例えば顧客が「せっかくだし、１万円分の預金から始めたい」と言おうものなら、渡りに船とばかりに、

「それなら通帳を5冊お渡しします。記念品も5つですから、お得ですよ」

などと、契約件数を増やそうとするのだ。

敬は、そういう小ずるいやり方は好まなかった。もしも顧客が「１万円預金したい」と言えば

「では５０００円お預かりして、残り５０００円は毎月の積み立てにさせてください」と申し出た。

「なるほどね、積み立てにすればお金も貯まるか」と、顧客は納得する。他の行員が5件の契約とカウントされるのに対して、敬のやり方では1件の契約実績にしかならない。しかし、これにも敬なりの計算があった。普通預金だけではなく、積み立てをセットにすることで、またその顧客のところを訪問できるというメリットがあったのだ。

そんなこんなで、まだ支店がオープンする前の新規開拓地域で１０件もの契約をとった敬は、新支店でも「すごい」と目されるようになった。

開店準備も整ったある日、市川支店で飲み会が開かれた。後輩の男子行員が敬の隣に座り「どうも、お疲れさまです」とビールを注ぎながら話しかけてきた。

「いや～外様田さん、ホントすごいっすね。どうやったらあんなに契約取れるんですか。ぜひ教

えてください」

後輩は、まだほとんどお酒が入っていないにもかかわらず、ほおを紅潮させ、目をぎらつかせてこちらに迫ってくる。

「いいねぇ、そのやる気。聞きたいことは、何だって教えてやるよ」

敬はドンと自分の胸を叩いた。後輩は、頭をかきながら言う。

「初めてのお客さんと会話が続かないんです。どうやったらお客さんの心をつかめますか。ノウハウがあったら知りたいです！」

敬はしばし目を閉じて考え込んだ。

「ノウハウか。わかるなぁ、僕も最初のうちは、どうやったらいいかってノウハウを気にしてたな」

そう言うと、敬はパチリと目を見ひらいた。明るく楽し気な光がその目に宿っている。

「ポイントは、お客さんとの波長の合わせ方かもしれないな」

「波長を合わせるですか。ぜひそのノウハウを教えてください」

酒の席であるにもかかわらず、後輩はメモでも取りかねない勢いである。

「うーん、その場でなんかわかっちゃうんだよな。お客さんの感じてることが。今、ここでさらに押したら嫌がりそうとか、今日は雑談したそうだなとか」

「そこです。そのコツを知りたいんです！」

「ひとことで言うと……」

「言うと!?」

「直感かな」

後輩はガックリと肩を落とした。その肩をトンと叩くと敬は言った
「心配しなくていいよ。君も3年経てばわかってくるって。やっぱり経験値を積むことでしか得られないものがあるんだよ」

「は、はぁ……」

半信半疑の後輩のジョッキに自分のジョッキをぶつけると、敬は
「ま、今日は飲もう。楽しめるときには楽しむのが一番！」

と、気持ちよく笑うのだった。

ほどなくして市川支店での行員生活がスタートした。ところが、ここでも敬はちょっとした試練を与えられることとなった。

今までいた月島は、老人が多く暮らす地域で、年金を軸とした営業で結果を残してきたのだが、ここ市川支店は、新興住宅地のど真ん中に立っていた。今までとは、まったく異なる環境であり、月島で培った敬の経験則が役に立たなくなってしまったのだ。

つい先日の飲み会で、「経験でしか得られないものがある」などと先輩風をふかした身としては、いいところを見せないわけにはいかない。

真新しい家々が立ち並ぶ住宅街を歩きながら、敬はどんなアプローチができるかを考えた。自身も埼玉県にマンションを買ったばかりである。目の前の新しい家々の住人たちもこれから同じようにローンを払っていくんだろうななどと考えてハッとした。

ほんの2、3日前の支店長の朝礼での話を思い出したのである。吉川支店長は、市川市に支店を置く銀行の支店長が集う会に参加したときに聞いた話と、前置きして話しだした。

「皆さんご存知のように、都市銀の太陽銀行さんは当行の後ろ盾をしてくれていますが、これからは、住宅ローンにも力を入れていかれるそうです。今まで住宅ローンといえば『住専』こと『住宅金融専門会社』の独壇場でしたが、これからはその牙城に銀行が切りこんでいくことになりそうです」

当時の背景を少し説明すると、住宅金融専門会社（住専）は、1970年代に大蔵省主導で設立された民間の金融会社で、主に個人住宅向けのローンを取り扱っていた。住専が設立された当時はまだ金融自由化前で、銀行は主に企業向け融資を中心に展開しており、個人向けローンには対応していなかった。ちなみに住宅ローンの際によく耳にする「住宅金融公庫」は公的機関であり、住専とはまた別の組織である。

吉川支店長の話と、目の前の家々が抱えているであろう住宅ローンが、敬の頭の中で結びついた。港相互銀行で住宅ローンを受けることはできないが、太陽銀行に話を持っていくことはできる。

そう思いつくと敬は、すぐにこの地域の法務局に出むいた。法務局では建物の謄本を見ることができる。各戸建ての抵当権がついているかどうかを知ることができるのだ。

確認したところ、多くの新築住宅に１５００万や２０００万といったローンが組まれていることがわかった。当時の住専のローン金利は５・５％と、今の時代から見れば高金利。これに対して太陽銀行は２・５％金利でローンを組むことができた。

こうしたことを念頭に置いて、敬はさっそく新興住宅街で飛び込み営業をはじめた。

法務局でこちらの家にローンがあることを調べてきました。とは、言えないので、

「こんにちは！　何か金融関係で、お困りのことはございませんか？」

と、ご用伺いをきっかけに話をはじめると、顧客のほうから

「住宅ローンが大変でね」

と、話がでることがある。そこをすかさず、

「当行では、ローンを組めないんですが、船橋にある太陽銀行さんがうちと提携していますので、住宅ローンを組めますよ。ちょっと計算してみましょうか」

今より金利が安くなるのは、もちろん顧客にとっても大きなメリットだ。喜ぶ顧客に太陽銀行まで付き添い、話を通してやった。顧客は「今まで月10万払っていたローンが月7万に減りましたよ。いやぁ、安くなった」と喜ぶも、ふと我に返って真顔で敬を見た。

「こんなにしていただいて、ありがたいんですけど、外様田さんには、何のメリットもないですよね。なんか申し訳ないです」

「いえいえ、お客様に喜んでいただくのが私にとってのやりがいなんです。でも、もし、よろしかったら今までの毎月のローンとの差額3万円分を当行で積み立てしていただけると助かります」

「積み立てか、そうですね。将来、子どもの教育が必要になるし、よろこんで」

「いや、こちらこそ、ありがとうございます。この地域では新参の銀行なので、助かります」

「何でも言ってくださいね。外様田さんのおかげでこんなに住宅ローンが安くなったんですから。港相互銀行さんを応援しますよ」

「ありがとうございます!! それなら、もしおじいちゃん、おばあちゃんがおられたら、よかったらその年金や預金も当行に移していただけないでしょうか」

「喜んで!」

というわけで、住宅ローンについては、直接、敬の成績になるわけではなかったが、そこで顧客の役に立つことで、預金や定期、年金といったリターンを得ることに成功したのである。

一件その方法が成功すれば、また口コミや紹介で、敬のところに同じような話が転がり込んでくる。もちろん飛び込み営業でもその成功例トークを活用し、その地域で住宅ローンで困っている人たちの手助けをすることができたのだった。

それだけではなかった。太陽銀行でも、待っているだけでローンの借り換え客がどんどん押し寄せてくるのだから、敬への感謝と信頼がどんどん厚くなっていくのも当然のことだった。ある日、太陽銀行からこんな申し出があった。

「もう、お客様を連れてきていただかなくて大丈夫です。今後は、本人確認の書類や住宅ローンの返済予定表なんかをＦＡＸしていただければ大丈夫ですんで」

となり、おどろいていると、

「債券書類も外様田さんにお渡ししますから」

と、もはや信頼を通り越して、太陽銀行の行員扱いまでされるようになった。

それでも、地元の顧客からの敬への信頼は厚く、次から次へと舞い込むローンの借り換え依頼をこなしているうちに、なんと太陽銀行から驚くべき電話がかかってきた。

「外様田さん、ありがとうございます。おかげ様で、船橋支店が太陽銀行の中で売り上げ一位になれました！　これもすべて外様田さんのおかげです」

日本一の表彰を受けた住宅ローン担当者から、お礼の言葉を雨あられと浴びせられた。お客様だけではなく、同業他社の行員まで笑顔にしてしまう敬だった。

6. 蜜蜂

さて、そうこうしているうちに港相互銀行では、第2回ロールプレイング大会が行われることになった。

市川支店でもその話題でもちきりである。

「なんでも今年は『ミツバチOD』って大会らしいよ。Oはオフェンス、Dはディフェンス。営業をオフェンス、お客様をディフェンスに見たてて寸劇仕立てにするってことらしい」

「『ミツバチ』はどういう意味ですか?」

「さぁ、正式には発表されてないけど、おおかた俺ら行員は、働きバチって意味じゃないのか。ミツバチみたいにおいしい蜜をたっぷり集めてこいっていう首脳陣の暗喩なんじゃないか」

「うへぇ、世知辛い」

などという同僚たちの会話を背中で聞き流しながら、敬はロールプレイング大会のシナリオ作成のために頭をひねっていた。

吉川支店長からは「前回、優勝者のキミにぜひ任せたい。市川支店のためにがんばってくれ!」

と檄を飛ばされている。

数日後、敬が仕上げたのは、当時支店近くの商店街を舞台にしたシナリオだった。

「商店街周辺は、長引く行政による再開発工事のために客足が途絶えていた。お店に営業にいった行員が店の人が困っているのを見て、市役所にかけあった。『商店街の客足が途絶えて困っている。お店を助けるために、1店舗につき200万円の特別融資を用意して欲しい。金利も市で負担して欲しい』そんな一人の行員の陳情を市が受け入れた。行員は、特別融資制度について、商店街で説明して回る。『融資だから、いったん港相互銀行に返済金を支払ってもらうことになるが、あとで市役所から金利ともども補填される』という説明に喜ぶ店もあったが、中には『うちは別に借りなくても大丈夫だ』という店もあった。そういう店には『金利もすべて行政が負担するんですから、実質ゼロですよ。ぜひ借りてください。そして、借りた分はうちでぜひ定期にしてください。定期の金利は5・5%付きます。どうですか、悪い話じゃないでしょう?』『お、いいねぇ』となる」というような筋書きである。この寸劇にこめたメッセージは「行員たるものただ顧客を訪問して『借りてください』と通り一遍の営業をするのではなく、何か顧客のためになることを提案して、その見返りとして預金をしていただくという営業をすべきだ」というものだった。

「ミツバチOD大会」に向けて、市川支店の数名でチームを組み、敬のシナリオに沿って練習を積み重ね、自信を持って臨んだ予選会の得票で、堂々の1位を獲得した。

「よし、本選でも優勝するぞ！」

と鼻息荒く挑んだ本選だったが、思わぬ落とし穴が待っていた。支店間ヒエラルキーへの忖度である。港相互銀行には、営業所や支店のある地域によって力関係が決まるという勢力バランスがあった。ヒエラルキーのトップは、銀座、渋谷、新宿といった都心の華やかな場所にある支店である。それに対して、千葉の市川支店は、できたてほやほやの若輩店だ。そんな市川支店が優勝というのはおもしろくないと感じるであろうヒエラルキートップ群の支店長たちを忖度した行員が、なんやかんやと理屈をつけて、銀座支店を優勝させるよう働きかけたのだった。

当然、敬たち市川支店の面々は怒り心頭に発する状態である。

「予選では断トツ一位だったのに」「こんなのアリですか!?」「あきらかに銀座支店への忖度だ」

と、市川支店の面々が気炎を揚げたのは、帰りに立ち寄った居酒屋でのこと。やけ酒も進もうというものである。

（これがサラリーマンの悲哀か）と、苦いビールを味わう敬だった。必ずしもいい仕事をした者がむくわれるとは限らない、ここが社会の難しいところである。

翌年、新年度のスタートと同時に、吉川支店長が異動になり、後任の小早川支店長が赴任した。港相互銀行でもようやく個人ローンを取り扱うことになった。それまでは、銀行のローンの手続きというのは、担保や返済原資について申請が必要となるなど、借り手にとって煩雑で時間のかかるものだった。しかし、この頃、消費者金融が台頭しつつあり、このままでは消費者金融に喰われると銀行側が危機感をいだいたことで、５０万円までの金額であれば、支店で即決可能なスピードローンなる仕組みをＰＲすることになったのである。

敬は、地元まわりをしているときに、地元で人気のとあるラーメン屋さんに営業をかけた。

「店長さん、何かお困りのことはないですか？」

「メニューとかお品書きとか新しいのにしたいんだけど、金がなくてね。今、コツコツ積み立ててるとこなんだけどさ」

「いいローンがありますよ」

「おりてくるまで時間かかるっしょ？」

「新しいローンの取り扱いを始めたんです。その名もスピードローン！　支店長決済ですぐ出せますので、ぜひお試しください」

「ふーん、なら試しに借りてみるか」

と、話がまとまり、意気揚々と支店に戻った敬だったが、決済の実権を握る支店長の小早川は、頭の固い、細かい人物だった。しかも、若くして次から次へと結果を出す敬のことを内心快く思っていなかった。

会議の席で、敬が
「地元で人気のラーメン屋です。５０万円の融資をお願いします」

と発言すると、小早川支店長はメガネのつるを指先でちょっと上げ、もったいぶって尋ねた。

「担保はどうなっているんだね？」

そもそも担保を必要としないスピードローンという触れ込みのはずだったが、と敬は内心ムッとしつつ「ありません」と答えた。

「ふ〜ん。その店、何年くらい続いてるんだ？」「どんな店主だ？」と、ネチネチ細かい質問が続く。

「地元では有名なラーメン屋さんなので、大丈夫です。店主さんの人柄は、たしかに宵越しの金は持たないタイプですが、普段の営業実績から見て、十分に返済は可能です」

（そもそも、たったの５０万借りて、夜逃げするような店がどこにある⁉）と、内心ではイライラが募っていたが、敬は辛抱強く説明を試みた。

支店長は、はぁ〜と肩をすくめると、敬を射抜くように見た。

「君、そこのラーメンを食べたことあるのかね？　ラーメンは味が命だよ」

と、したり顔で当たり前のことをいかにも高説を解くように言う支店長に、ついに切れた。

「ちょっと失礼します」

そう言うと、敬はやにわに会議室の電話を外線につなぎ、当のラーメン屋さんに電話をかけた。

「どうも、港相互銀行の市川支店までラーメン５人前、出前お願いします」

支店長以下、５人の上層部の面々は、あっけにとられたようにポカンとした表情である。３０分ほどして届いたラーメンをすすった支店長は、食べた瞬間目を見ひらき、思わず「うまい」とつぶやいたが、あわてて表情を取りつくろうと、「うん、まぁこれならいいだろう」とローンを承認した。

この支店長の小早川とは、これから先、折に触れ、衝突することになる。

家に帰った敬が、妻の郁美に「腹が立ったから自腹でラーメンを食わせてやった」と、話をすると、郁美は眠くてぐずっている長男をあやしながら首をかしげた。

「その５人前のラーメンの料金って、もしかして？」

「すまん、自腹だ」

郁美は、にこにこと答えた。

「ぜんぜんいいよ。敬さんのおこづかいから払ってくれるんだよね」

敬は遠い目をした。大学時代の郁美は、主務の自分が話しかけると、ピシッと姿勢を正し「はい、よろしくお願いします」と緊張気味に答えていた。付き合い始めの頃は、敬のことを尊敬の眼で見あげていたものだった。時は流れ、家の中での妻の力が着々と強くなっていることを実感するのだった。

そのころ、敬は従業員組合の青年婦人部長で執行部に所属していた。執行部の主な役目は、賃金改善の要求や職場環境の改善運動等である。市川支店の組合員たちに「職場環境について」アンケートを取った時、小早川支店長になった時から急に「職場の雰囲気が良くない」という回答結果が増えていた。

「こんな結果が出ましたけど、まさか小早川支店長本人に直接、この結果を伝えるわけにはいきませんしね」

と困惑顔の従業員たち。

敬は、立ち上がるとタンと机に両手をついた。

「なんで？　伝えればいいよ。いや、むしろ伝えるべき。なんのためにアンケート取ったんだよ。支店の雰囲気を良くするためだろ。アンケート取ったのに、その結果を伏せておくなんて、組合員のみんなに申し訳ないよ」

「でも、支店長に逆恨みされそうで……」

しり込みする従業員たちをぐるりと見まわすと敬は言った。

「支店長には僕が言う」

宣言したとおり、敬はまったく小早川支店長に忖度することなく、数名の従業員を従えて支店長室を訪れると、組合員の職場に関するアンケート結果の用紙を見せた。

「ここ最近、市川支店の雰囲気が悪いというアンケート結果が出ています。『支店長が変わられてから、風通しが悪くなった。チェックが細かすぎてせっかくのスピードローンの承認が滞る』まとめるとこんなところでしょうか」

小早川支店長は、興味なさげに聞いていたかと思うと、

「そうか、支店の雰囲気が悪いのか。それじゃ、行員の皆さんでなんとかしてもらわないとね。ま、組合の皆さんもせいぜいがんばってくれたまえ。では私は次の会議があるので」

と、まるで我関せずとばかりに席を立とうとした。

「まさか自分のことだって、気づいてないよ」

敬の隣の組合員が小声で愚痴った。

敬は、語気鋭く支店長を制した。

「ちょっと待ってください。このアンケートから読み取れるのは、小早川支店長になってから、すごく職場の雰囲気が悪くなったという、市川支店行員の総意です」

さすがに面の皮が厚い小早川支店長も気色ばんだ。

「ははぁ。そんなことを支店長の私に言いますかね？」

「役職に関わらず、現状を認識することは、大切だと思います」

敬は一歩も引かなかった。

その後、会議が終わり、皆がぞろぞろと廊下へ出たタイミングで、小早川支店長は、すっと敬のとなりを歩きながら
「外様田くん、そろそろ人事異動の季節だねぇ～」

と、脅しともとれるつぶやきをして足早に去っていった。

直属の課長が、敬の肩をポンと叩いていった。

「あんなこと言ってるけど、市川支店の営業成績がいいのは、外様田くんのおかげってことはわかってるんだ。半年に一度の支店長表彰も君のおかげなんだから、異動なんてさせられっこないよ」

自分のことをわかってくれている人もいるのだ。敬は、課長に対して小さく目礼をした。

7. 六本木のスーパーマン

その後、敬は渉外課長代理に昇進し、さらに一年を市川支店で勤め上げげたあと、今度は渉外課長として麻布支店に異動することになった。

麻布十番といえば、東京の中でも屈指の高級住宅街として知られている。さらにブティックや有名レストラン、しゃれたカフェ等が建ち並び、芸能プロダクションが点在することから芸能人を見かけることも多い土地柄である。

敬の鼻息も荒い。新調のパリッとしたスーツに身を包み、ネクタイも麻布にふさわしいブランド物をつけている。

これは、麻布支店に異動になる前に、市川支店の課長からのアドバイスに従ったものだ。

「外様田、おまえ心して行けよ。なんてったって麻布だぞ。芸能人や外国人だらけの街だ。こんな」と言って、敬が着ていた紺色ジャンパーの胸の前立てあたりをつかむ。

「ペラペラのジャンパーなんて着てらんねぇぞ」

「そうですか！　わかりました」

というわけで、思い切って麻布にふさわしいスーツを新調したのだ。

麻布支店は、これまで敬がいた支店とは比べ物にならないくらいの大きな建物だった。時代は、バブルの絶頂期である。街を歩けば華やかな人々が行きかい、夜になればＶＩＰと呼ばれる人たちやセレブたちが闊歩する。そんな街で、敬は相変わらずマイペースではあった。

着任して一週間ほど経った頃であろうか。渉外課長として来客に顔を覚えてもらわねばと、席にいるときも常に窓口の来客には気を配っていた。

あるとき机の上に札勘機を置いて、お札を数えていた。すると、窓口の女子行員が近づいてきて窓口の顧客のことを
「外様田課長、お得意様の○○様です」と耳打ちしてくれた。

敬は最上級の笑顔を浮かべた。

「あ、どうも。この度、麻布支店に参りました外様田と申します」

と、立ち上がろうとしたところ、首ががくっと引っ張られ、前のめりになる。

ガッガッガッと異音がして首が机に引っ張られていく。一瞬、何が起こったのかと頭が真っ白になる。

「課長！　ネクタイが！」

女子行員が叫ぶ。なんと、敬のネクタイが、新調したばかりのブランド物のネクタイが、札勘機に吸い込まれているではないか。

「うわ、何だこれ!?　助けて」

思わず女子行員に助けを求める。女子行員が札勘機のスイッチを切って、ようやく機械がとまった。しかし、そこから引っ張り出された敬のネクタイは、端がちぎれてボロボロ。とても使い物にはならない状態に。

おかげで
「外様田さん、ユニークな人だねぇ。新しい渉外課長さんの名前は忘れようにも忘れられないよ」

と、お得意様に印象づけることができたのは、ケガの功名といえるかもしれない。

家に帰って、ボロボロのネクタイを見た郁美は「あらぁ」と笑顔で受け流してくれ、少し傷心が癒された。

　またある雨の日のこと。渉外担当していた有名デザイナーの店に打ち合わせに行くことになった。敬はバイクに乗り、カッパを着て出かけた。六本木のアマンド近くにバイクを停めたとき、外国人たちが物珍し気によってきた。ヘルメットを脱ぎ、バッとカッパを脱ぐと、下からキリっとしたスーツ姿のサラリーマン敬が姿を現し、外国人たちは大騒ぎ。

「You are just like a Superman!!」「So cool!!」など、口々に敬の変身をもてはやした。

　敬は片手を挙げ、外国人たちの称賛に応えつつ、内心では（なんで⁉　こんなことで歓声が？）と、不思議に思っていた。バブルの六本木の夜のきらびやかな空気感が、そこここに漂っていた。

　バブル真っただ中のエネルギーを敬もまざまざと感じる出来事があった。土地の値段が恐ろしい勢いで上がっていく。そんな中で敬は相続税に着目した。あまりにすごい勢いで土地の値段が上がっていくために、昔からこの土地に住んでいたり、この場所で会社を経営している人たちが、相続税を払えないという事態が起こっていた。

　何しろ相続税で、何億という単位の支払いが発生する。この土地に住んでいる人たちは親が亡くなったときに、相続税のために家を売らなければならなくなり、また会社を経営している社長は、やはり相続税を払うために、泣く泣く土地を売るしかなかった。土地が無くなれば社屋や工場なども無くなる。実際問題として事業を継続することすら難しくなっていた。

そんな悩みを持つ地主たちに、敬は親子間売買を提案した。相続ではなく、売買という形をとることで高額な相続税を回避できるからである。

ちなみに当時は、親子間での土地の売買においては登記費用の割引や手続きが簡略化されるという優遇措置があった。今ではその制度が廃止され、親子間であっても一般の取引と同様に取り扱うこととなっている。最近では、むしろ親子間売買については、不正な価格での取引といったリスクをおそれて銀行などの金融機関が慎重に取り扱うケースもあるくらいだ。

とは言え、当時でもあまりに低価格での親子間取引には、やはり税務署が目を光らせていたので、敬は公認会計士に同行してもらい、顧客に対して

「あなたの相続税は、この先、これくらいの価格になります」という試算を示すようにした。たいていの顧客は、高額の相続税に驚く。そこで敬がおもむろに、親子間売買を進めるのである。子はローンを抱えることになるが、それでも土地が他人の物になるよりはと喜ぶ顧客がほとんどだった。

そんなある日、敬はとある顧客から呼び出された。この顧客のメイン取引は港相互銀行の恵比寿支店が担っていたが、麻布支店にも少々積み立てをしてくれていた関係で、敬が相続税などの相談に乗っていたのである。

「今日はどのようなご用件で？」

笑顔で挨拶する敬に対して、白髪頭で品のいい顧客は、

「これ、お宅の支店で、預金しといて」と一枚の小切手を差し出した。

「どうもありがとうございま……え!? じゅ、15億!?」

あまりの高額に驚く敬に対して顧客は目じりを下げた。

「いやぁ、麻布十番の地下鉄の出口のとこのね、ネコの額くらいの土地が売れたんだよ。ほら、この間、外様田君が会計士の先生連れてきてくれていろいろ教えてくれたでしょ。そのお礼というか、ちょっと一回だけ預けとくから」

敬はピンときた。この資産をもとにこの顧客は、他の土地や物件を買おうとしているのだ。それを暗に自分に伝えているのだと。

「は、承りました。さっそくもろもろ善処いたします」

そう言って小切手を受け取り、支店に戻ったまではよかったが、ほどなくこの件に対して物言いがついた。その顧客のそもそものメイン取引先であった恵比寿支店が文句を言ってきたのだ。

「メインの取引先である恵比寿支店を差し置いて、そんな高額資産をなぜ麻布支店が取り扱うのか」というわけである。恵比寿支店としてはメンツをつぶされたとでも思っていたのだろう。

敬にしてみれば、たまたま自分がしげしげと顔を出していて、顧客の相談に乗っていたからこそ信頼してもらったのであって、自分は何も抜け駆けをしたわけでもないのにと、思っている。

そもそも同じ銀行内で功を争うことは無意味だとしか思えない。

それでも、麻布支店に恵比寿支店の支店長が乗り込んでくるまでの騒ぎとなり、結局支店長同士の話で、15億円を折半して預金として預かることになった。

その大口の預金が行内報で、記事として取り上げられることになった。取材に来たのは、敬より少し年上の男性行員だった。

いろいろと質問に答えていくうちに、どうも相手との波長が合わないと感じた。言葉の端々に妙な尖りがにじむのだ。その理由は取材が終わった後にあきらかになった。

取材相手は「どーも、お疲れでした」と敬をおざなりにねぎらった後、眉をひそめて付け足した。

「ふぅ、話を聞いて思ったけど、おまえ、運いいだけじゃん。調子乗んなよ」

これには、敬も気色ばんだ。

「は？　別に調子なんか乗ってないですよ。そんなこと言うなら何で取材に来たんです？」

「こっちは連日、ライバルの自慢話聞かされてやってらんないっての。だけど、俺だっていつかでっかい仕事してやるからな。覚えてろよ」

と、捨てゼリフを吐いて部屋を出て行った失礼なインタビュアーがその後、大きな仕事をして行内報で記事に取り上げられたのをついぞ目にすることはなかった。

第2章【バブル崩壊】

1. 悪の銀行

その頃、日本には金融改革の波が押し寄せていた。相互銀行法が改正され、国内の相互銀行はすべて普通銀行に転換されることが決まった。より広範囲な融資業務が可能となるなど、普通銀行と同様の業務が行えることになった。

しかし、港相互銀行だけは、普銀転換の許可が下りなかった。

一般行員たちのあずかり知らぬところで行われていた斎藤頭取による不正が原因だった。この頃、港相互銀行は、相互銀行界の中でも上位の成績を収めていた。ただしそれは、公明正大な営業によって培われたものではなかった。数年前から斎藤頭取が、個人的に親交のあった不動産業者と組んで、バブルの土地の値上がりを利用した不正により得ていた利益だった。つまり嘘と不正により積み上げられた偽りの好成績だったのだ。

それがついに明るみに出た。

「港相互銀行は、地上げ屋の片棒をかついで、儲けている悪の銀行だ」という報道が一斉になされた。

その不正とは、港相互銀行が不良債権をその不動産業者に買い取ってもらい、不良債権がないように装うという方法だ。銀行には、定期的に日銀と大蔵省が検査に入るが、港相互銀行は、不良債権をすべて不動産会社に買い取らせ、帳簿上は不良債権のない優良銀行を装っていたのだ。

一見すると、不動産会社には何の旨味もないように思えるが、銀行側は見返りとして融資の際に不動産会社に便宜を図っていた。本来なら融資額に見合った担保が必要となるところ、北海道の原野で一坪1000円程度の安い土地に法外の値段を設定して、担保として認めていたのだ。今は担保はどこの土地でもいいというわけでないが、当時はまだ担保の土地はどこでもよかった。こうした法律の穴をついたやり方で、大蔵省や日銀を欺き続けていたのだ。

世間からは、「こんな銀行いらない」「港相互銀行はつぶせ」などといった厳しい意見が叩きつけられた。もっと過激な行動に出る者もいた。右翼の街宣車が「港相互銀行は悪の銀行だ」などと大音量で触れ回っていたかと思えば、トラックが本店の建物にわざと突っ込んでくるなどという物騒な事件も起こった。

その不正が発覚したことから、頭取は失職、さらに港相互銀行普銀転換は一時見合わせられることになったのだ。

この事件の結果、港相互銀行には、太陽銀行をはじめとする4つの都市銀行が関わることになった。各行が200億円ずつ、合計800億円ほど資本金を増強。太陽銀行から乗り込んできた新社長のもと、4行体制で『芝浦銀行』という新しい名前でリスタートすることになった。

敬は室長代理という役職を得て、広報室に異動となった。これには、少し裏事情があった。当時の人事部長が元組合の委員長経験者であり、さらに広報室室長も元組合委員長という関係だった。そのころ、組合で精力的に活動していた敬は次代の組合執行部に必要な人材だと目されていた。そこで、元組合委員長の下で仕事をさせようという話になったのだ。

広報室に異動になった敬は、新銀行設立の準備に携わることになった。銀行の名前が変わるため、銀行の看板をはじめ、通帳のデザインを刷新したり、女子行員の新しい制服を制定したりと、やらなければならない作業は多い。

敬は、対外的に発表する資料作りを担当した。朝出社すると金融に関する４大新聞の記事を全て読んで切り抜き、役員に配るためのコピーを用意した。役員の出社前にその作業を終わらせるために、朝７時には出社した。

またバブル崩壊後には、対外的に銀行の透明性を担保するため、財務状況やリスク管理状況などを示すディスクロージャーの徹底が求められるようになってきた。芝浦銀行でも新たにディスクロージャーを作成することとなり、敬がその担当となった。

敬はまず他行のディスクロージャーを全て取り寄せた。従業員組合の冊子作りでも敬が関わったものは、見栄えに力がそそがれていた。その時の経験が役立った。見る人にわかりやすい印刷物を作ることを心掛けた。平行作業で、行内の印刷物の刷新作業や、女子行員の制服の制定など、その合間に契約が決まった広告代理店からの接待を受けたりして、日中も夜も目の回るような忙しさだった。

同年9月、他行に遅れること半年、ついに芝浦銀行の営業がスタートする。

2. 組合専従

旧港相互銀行が普銀転換して芝浦銀行としてリスタートすると同時に、敬は組合専従となった。書記長として本部に招かれたのだ。組合専従となると、銀行から給与が出なくなり、組合費から支給されることになる。ただし残業代は一切出ない。

それなのに、組合は組合で様々な問題を抱えており、連日連夜、遅くまで帰ることはできなかった。当時委員長を務めていた上杉は、後継は外様田敬と決めていた。そのための布石として、敬を書記長に任命し、翌年もう一年、書記長の経験を積んでから委員長をやらせようという腹積もりだった。ところが、上杉の身内が病に倒れてしまう。やむなく任期途中で委員長を降りることになったが、さすがに書記長経験1年未満の敬に委員長の荷は重い。そこで中継ぎとして、中途入行の細川という男が委員長を務めることになった。

この細川という男、さほど仕事をしない割に自分の能力には謎に自信を持っているというなかなかの曲者だった。その上、プライドが高く、自分から友好を結びに行くこともないので、孤立しがちであった。

　一方、敬のほうは人当たりの良さと後輩たちへの面倒見の良さ、同期の仲間との強い絆もあって、行内においては顔が広かった。

　そんな敬の人望に嫉妬していたのだろうか、細川は委員長の席に座るなり、敬を呼びつけた。

「外様田くんさ、野球部と、剣道部にも入ってるよね」

「あ、はい。仲間と一緒に汗を流すのは、楽しいです」

　細川は、目を細めて笑った。

「そうか、楽しいか。それ、全部辞めろ」

「は？」

　敬は耳を疑った。部活動は個人の権利である。行員の福利厚生や職場環境を良くするための組織である労働組合のトップが口にする言葉だとはとうてい思えなかった。

「何かの冗談ですか？」

　細川の笑顔がスッと消えた。

「そういう仲良しごっこみたいなのは、いらないんだよ。全部辞めろ」

「しかし、これは私個人の権利です」

「命令だ！　辞めろ」

敬がどれだけ抵抗しても、細川委員長は「辞めろ」の一点張り。ついには、「とにかく書記長をしている間だけでも辞めろ」と言い出し、さすがの敬も引かざるをえなかった。

こんな風に最初から細川の横暴ぶりを危惧した敬だったが、その後も理不尽な要求は続いた。

「本店の電気がすべて消えるまでは、帰るな」「他部署との飲み会はすべて断れ」

細川の敬に対する嫌がらせともとれる言動は、留まるところを知らなかった。

いっぽう、敬のほうは、そんな細川にかまってはいられないほど忙しかった。

書記長として年間100号ほど「組合ニュース」を執筆して、ガリ版を作り、輪転機で印刷して朝一番に各支店に届ける分として約千部を用意しなければならなかった。この頃、土日は全国で行われる委員長会議にも出張しており、敬は自宅でご飯を食べる機会すら失われた。

ある日、久しぶりに家でご飯を食べた翌朝、出勤しようとした敬は、息子から

「お父さん、また来てね」と言われて、天をあおいだ。

「敬さん、どうしたの?」玄関まで見送りにでた郁美がいぶかしげにたずねる。

「いや、言葉にはしなかったけど、俺も父に同じこと思ってたなあと思って」

「お父さんもお若い頃は、お忙しかったのね」

「ま、まぁな」言葉をにごしたが、敬の父の場合は、借金取りから逃れるために家に帰ってこら

れなかったのである。それが今となっては、敬の父も小さな工場を経営し、それなりの暮らしを築いている。人は変われるのだ。

さて、そんなふうに行員個々人は、バブル崩壊後の急転直下の経済状況になんとか対応しようと奮闘していたが、芝浦銀行のかじ取りはうまくいっているとは言い難かった。４つの銀行がそれぞれに口出ししたり、互いに足を引っ張り合ったりで、船頭多くして船山に上るのたとえのごとく、芝浦銀行の経営方針は迷走し、預金もどんどん目減りするなど、業績は悪化しつつあった。

3. 大荒れの春闘

そうした状況をふまえつつ従業員組合では、春闘の賃金改定要求案をどうすべきか、敬たちは頭を悩ませていた。毎年の春闘では、従業員組合の執行部は、ちまたの経済状況や、銀行の業績などを考慮して賃上げ目標額を定めている。そこから企業と従業員組合が、対話を行い、最終的に賃金額が決定される。すなわち賃上げ要求は、銀行内の行員たちの生活水準をあげたり、行員の士気にも関わる重大な任務である。

敬たちは、執行部に泊まり込みで賃金改定案を作成した。

結論として、この年は、芝浦銀行の業績の悪化ぶりを考慮し「ボーナスの大幅カット及び賃上げ要求を行わない」という、大きな決断をせざるを得なかった。

「いやぁ、一般行員たちが納得してくれるかね」

「やるしかありません。銀行がつぶれてしまっては元も子もないんですから」

腹をくくった敬は、企画案を各担当者に説明して回った。普段からオルグ活動で各支店をまわり、担当者とは顔見知りである。「外様田さん、外様田さん」と慕ってくれている組合員も少なくない。しかし、今回の賃金改定案に対しては、どこの支店からも不平不満の声が返ってきた。

「こんなの前代未聞だぞ」「どうやって賃金を上げるかを考えるのが執行部の役目だろう」

こういった反発の声に対して、敬たちは辛抱強く説得を続けた。

「私たちだって皆さんと同じ気持ちです。しかし、銀行が倒産してしまうかもしれない危機なんです。今回だけ、1度だけ、我慢していただけないでしょうか」

敬たちの必死の説得に、相手もしぶしぶ受け入れを決めるといった折衝を繰り返し、長い時間をかけ、ようやく全支部が納得してくれた。これで労組の大会が開催できると胸をなでおろしたのだったが。

労組の大会で、まさかの出来事が起こった。大会前日、行内の左派活動家たちがひそかに「今の労組執行部は、組合の役目をはたしていない」などと行員たちに電話をかけ、大会で反対するよう炊きつけていたのである。その結果、大会本番で敬たちが苦心して提案した要求が否定されるという前代未聞の事態に陥ってしまった。

委員長の細川が「おいこれ、どうすんだよ!?」と血相を変えているところに、勢いづいた左派の面々は、「この組合の執行部はもうダメだぞ」などと気炎をあげている。

大荒れに荒れたこの日の組合の大会は、そのまま閉幕となった。組合本部に戻った執行部たちは頭を抱えた。各支部ごとに入念な根回しをしたにもかかわらず、こんなことになってしまったのだ。

しかし、敬はあきらめなかった。

すっくと立ちあがると「悩んでいる時間はありません、もう一度、各支部に説明に回りましょう」

敬の言葉に、三役の残りの二人、森野、萩原が立ち上がった。共に執行部に泊まり込んで提案を練り上げた仲間である。特に森野は敬の右腕的存在であった。

「僕ら三役全員で、オルグしましょう」「外様田さんだけにいい格好させられませんからね」

「森野、萩原……」

敬の胸にグッとこみ上げてくるものがあった。三人は、互いに手を取り合った。

敬たちは、再びすべての支部をまわり、銀行の厳しい状況を説明し「どうか皆で力を合わせて、この難局を乗り切りましょう」と説得して回った。

時間がない中、なんとか全支店を説得し、再度、大会を開いて、ようやく賛同を得ることに成功した。

敬が苦労をしている中、当初、一年間だけ委員長を務めるはずだった細川が「外様田くんも大変そうだから、私がもう一年、委員長を務めましょう」などと言い出した。

森野や萩原は密かに（いや、あんたがいてくれるほうが大変なんだよ）と心の中でツッコミをいれたが、さすがにそれを面と向かって口にするわけにもいかなかった。

内憂外患とはよく言ったもので、当時、芝浦銀行の労組は内部に細川というやっかいな問題を抱えていたが、外からも憂慮すべき魔の手が迫っていた。

ある日、森野が敬にむかって
「俺たちは、熟した柿らしいですよ」

と苦笑しながら言った。

「どういう意味だ？」

首をかしげる敬に、森野は、芝浦銀行の後見をしている4大銀行のうち三葉銀行の役員がこっそり接触してきたと説明した。芝浦銀行は、もう実質破綻しているから今のうちに合併すべき。そのために森野に労組の内部から切り崩すように迫ってきたと言う。森野は肩をすくめ「そんな話はもちろん断りましたけど」と、顔をしかめた。

「相手の言い方が嫌らしいんですよね。『芝浦銀行はもう熟した柿が落ちる寸前の状態ですから ね。落ちる前に受け取ってあげようと言ってるんですよ』って。自分がカッコいいと思ってるのが丸わかり。今、思い出しても、うへって感じです」

森野のひょうきんな顔つきに、敬は一瞬フッと笑ったが、すぐに顔を引き締めた。

薄々感じてはいたが、後見役の４大銀行は、どこも芝浦銀行の再建なんて考えていないことは明らかだった。芝浦銀行を支えるふりをしているが、その実は芝浦銀行を飲み込んで、自分の銀行を肥大させたいと思っているにすぎないのだ。これからも手を変え品を変え、芝浦銀行の行員たちの切り崩しを狙ってくることだろう。せめて組合の内部だけでも、一枚岩でやっていけるよう団結せねばと思う敬だった。

４．自ら輝くために

細川体制を継続した翌年が終わり、ようやく敬が委員長を務める時がやってきた。これまでは、営業推進部と組合員の二足のわらじを履いていたが、これを機に敬は完全に組合活動に専念することになった。

なお書記長には、森野が任命された。

「敬さんにどこまでもついていきますよ！」と、頼もしい。

敬は、芝浦銀行を存続させ、従業員たちの雇用を守るために組合長として、何をすべきか、どう動くべきか、一心不乱に考えた。

従業員の生活を守ったり、職場環境を良くすることはもちろん大切だが、それ以外に「働き甲斐」や「人間関係」「コミュニケーション」の改革にも全面的に取り組むことを決意する。

「要するにひとりひとりが輝かなければだめだ。そういう環境を作るんだ」

こぶしを片手に熱く語る敬に、森野が首をかしげる。

「で、具体的にはどうするんです？」

「まずは、合宿だ！」

「それじゃ今までと同じじゃないですか」

「いや、合宿の中身を変えるんだ。これまでは、執行部がテーマや資料を作って、それを委員たちに配布してきた。今年は違う。メインテーマはこちらで考えるが、執行部員たち自らもそれぞれがテーマを掲げ、自分たちの力で上昇していくんだ」

「なるほど！　それでメインテーマは？」

「これから考える！」

ずるっと森野がずっこけるのを横目に見ながら敬は、ノートにいろいろな言葉を書きなぐりはじめた。

数日間、頭を悩ませた敬はメインテーマを「自ら輝くために〜クオリティライフ宣言〜」と決め、さらにその下に「仕事に誇りを持ちましょう」「生活に潤いをもちましょう」等、「5つの輝き」を設定した。人間としての幸せは、仕事だけではないと訴えるためだ。

そしてこれまでの組合の行事をその５項目に分類した。この作業を行うことで、組合活動の意義が根底から明らかになった。

「２４時間働けますか？」の時代からバブルの崩壊を経て、経済発展をめざしてひたすら走り続けていた人々がふと立ち止まり、人生や働くということの意味について考えはじめたタイミングでもあった。時代も大きく舵を切ろうとしていたのだ。

合宿がはじまった。執行委員を５つのチームに振り分け、グループごとに自分たちが組合員に行事として何を提案したいか、計画するように申し渡した。

これまでは上から与えられた企画をこなすだけだった委員たちは、計画段階から考えろと言われ、最初は戸惑った様子を見せていた。しかし、お仕着せではなく、物事を自分事としてとらえ直すという意識を持ったことで、より深く組合行事に関わることになった。

さらに敬は、参加者に「自分たちがお手本になって、こういうことをすれば自ら輝りるんだよと見せるべきだ」と訴えた。

敬たちより下の世代は新人類、さらにその下の新人たちは、しらけ世代などと呼ばれ、会社のために一心不乱に働くようなスタイルを敬遠しがちだった。組合活動そのものを敬遠する若者も増えつつある。

しかし、人間というのは不思議な生き物で、だれかの熱はまた別の誰かの心に伝わるものだ。敬の情熱は、もともと組合活動に前向きな委員たちにはもちろんのこと（合宿かぁ〜かったるいなぁ）（執行委員なんて貧乏くじひいちゃったな）と後ろ向きな委員たちにも徐々に影響を与えていった。活発な意見が飛び交い、いくつものアイデアが生まれた。結果として、この1泊2日の研修は、参加者の意欲を高め、少なからず行内の士気をあげる機会となった。

合宿が終わると、敬たちは福利厚生の充実に着手した。ちょうど格安で売りに出された保養施設を組合員に利用してもらう取り組みをはじめると、サービスも環境も値段も「最高だ」と話題になり、人気のあまり利用は抽選になることもめずらしくなかった。この他、六本木のディスコを借り切って千人という大人数で楽しんだり、スキーツアーなども企画した。

「敬さんは、銀行じゃなくてイベント会社とかに就職してても、活躍してたでしょうね」

次から次へと繰り出す敬のアイデアに、森野が感心したように言った。

しかし、敬は満足していなかった。ここのところ日本を覆う不景気が街のあちこちに暗い影を落としている。経済の潤滑油に例えられる銀行は、もろに不景気のあおりをうける。もろもろの問題をかかえた芝浦銀行の行内は、とかく暗く沈みがちであった。

「うーん、なんか暗いよなぁ」

「バブルも弾けたし、不景気だからしょうがないですよ」

森野が、やや冷めた表情で返す。

「いや、世間が不景気だからって、職場まで雰囲気が暗くなる必要はない。なんか方法があるはずだ」

「予算も厳しいですから、あまり派手なことはできませんよ」

「予算がなければ知恵を絞りだすんだよ」

そうして敬がひねり出したアイデアが「よきん運動」である。よきんはよきんでも預金ではなく「与（よ）嬉（きん）」だ。

用意したのは、各組合員の名前が印刷された名刺のようなカードだ。このカードには、敬のこんな思いが込められていた。

「この『与喜カード』の使い方は、Aさんが B さんから『仕事が早い』とほめられてうれしかった、あるいはCさんの仕事を手伝ってくれたDさんに感謝したい。そのうれしかったことに対して感謝状として、この『与喜カード』を使ってください。口に出してありがとうと言うだけじゃなくて、『ほめてくれてありがとう』『手伝ってくれてありがとう』と書き言葉で相手に伝えるんです。話し言葉はすぐ消えてしまうけど、書き言葉はずっと残ります。大人だって、褒められたらうれしいんです」

敬のこの試みは、それなりの効果を発揮した。何より、カードを手渡すために、相手のよい点や感謝すべき出来事を探すようになり、行員たちの意識が変わったのだった。

「たったこれだけの小さな紙で職場の雰囲気を変えちゃうなんて、敬さんはホントすごい」

敬にも、森野からそんな『与喜カード』が届いた。素直にうれしかった。

そののち、敬はさらに忙しくなった。芝浦銀行の従業員組合に加えて、敬は銀行の労組が集う全銀連合でも役員を担うことになった。忙しさは倍増したが、その分、銀行の枠を超えて横のつながりができた。

そんなわけで、敬はあいも変わらず忙しい日々を過ごしていたが、経済界では、いよいよバブル崩壊が加速し、これまで通りの経済活動が難しくなりつつあった。単独では立ち行かない銀行が増え、銀行再編の大嵐が吹き荒れた。

芝浦銀行の再建に加わっていた太陽銀行も大東京銀行と改名、一時は国内最大の店舗数や従業員数をほこっていたが、西都銀行と合併し、東西銀行として新たなスタートをきった。

しかし、銀行再編だけでは、不良債権問題は太刀打ちできなかった。ましてや数年前にバブルの闇に乗ったあげく「悪の銀行」という評判が立ってしまった芝浦銀行は、青色吐息の状態だった。

第3章　【ゾンビ銀行】

1．破綻

この頃の敬は、私生活では郁美との間に3人の子を授かり、子どもにねだられてヨークシャーテリアの子犬を家族に迎え入れていた。名前は、ラッキー。とても愛くるしい犬で、仕事につかれた敬を癒してくれた。そんな平穏な暮らしを脅かす出来事が敬に迫っていた。

1996年3月、敬は突然、武田頭取から呼び出しを受けた。

嫌な予感が胸にせりあがり、あわてて頭取のもとへ駆けつけた。

白髪頭に銀縁メガネをかけた頭取の顔には疲労の色が濃く出ている。いつもは、上品な笑顔をたたえた人格者であるが、眉間に深いしわが刻まれている。じつは武田頭取は、前任の銀行にいた頃、組合の委員長を担っていた。そのため敬の活動にも理解があった。時に使用者側、労働者側として意見を戦わせることもあったが、武田頭取は労働組合の内情を理解した上での発言をすることが多かった。そうした背景がなかったとしても、敬は武田頭取の経営手腕や人としての品格を尊敬していた。

「外様田くん、忙しいところ悪いね。うすうすは気づいているかと思うが、大蔵省から、当行はもう立ち行かないと勧告された。破綻だ」

敬は、思わず息をのんだ。もしかしたらと心の中で不安を抱いていたが、まさか嫌な予感が的中してしまうとは。入行以来の思い出が走馬灯のように駆け巡る。しかし、敬は強く頭を振った。感傷に浸っている場合ではない。

武田頭取が重い口を開く。

「顧客の取付さわぎを回避するために、土日を前にした金曜日の夜に発表だ」

「再建の道はないんですか!?」

「芝浦銀行を作ったときのようなスキームでやれる体制を作りたいのはやまやまだが、私の一存でどうにかなる状況ではないんだ。わかってくれ」

この頃、まだ日本の銀行は護送船団方式と呼ばれ、政府の厚い庇護を受けていた。のちの北海道拓殖銀行の倒産が社会に大きなショックを与えたのは、そのためである。日本人はあの出来事をきっかけに金融企業が倒産するのだという事実を突きつけられたのだ。

「頭取の立場はどうなるんです?」

武田頭取は、少しうつむき首を左右にふった。

「この先の処遇はわからないが、私はすべての権限を失うだろう。すまないが後のことはよろしく頼む。行員たちの動揺を抑えるために、君の力が必要なんだ。頼むよ、外様田君」

敬の頭はその時点ですでに忙しく働き始めていた。

「倒産してすべてが無くなるか、それともどこかの銀行に吸収されるのか。吸収合併された場合、当行の支店はすべて閉鎖され行員は合併先の支店に行くことになるのか、それともうちの支店が存続され、看板が合併先の銀行に書き換わるのでしょうか？」

「今のところ、わからない。しかし、いずれにせよ、行員たちをまとめておいて欲しい」

銀行の行く末がわからないままに、人心を掌握するなど不可能に近いと思ったが、武田頭取の苦汁に満ちた顔に、敬は「わかりました」と請け負った。

（こんな銀行始まって以来の大ごとに巻き込まれるなんて、何でだよ！？）

心の中では、葛藤が渦巻いている。だが、その心の奥底から響く声があった。

――いきざまだ。いきざまを見せろ！――

「やりましょう。私に任せてください！」

武田の眉が少し上がった。

「おぉ、やってくれるか。助かる。しかし、こんな難局を二つ返事で引き受けてくれるとは、君は性根の座った男だな。だが、なぜにそこまで」

「今こそ、外様田敬のいきざまを見せるときだと思うからです」

武田は、しばし瞑目した。目の前にいる男の心意気に打たれたのだった。

敬は、しかし、すでに次のアクションに目を向けていた。ぐいと上半身を乗り出し、頭取にむかい気迫のこもった声でせまった。

「頭取、ひとつお願いがあります。ひと肌脱いでいただきたい」

その日の深夜。

敬は、全行員の住所を封筒に印字していた。森野と人事部の若手男性行員がサポートしてくれている。

「外様田さん、独身の行員はどうしますか？」

若手行員の質問に敬はすぐに反応する。

「田舎の親御さんの住所を調べて印字してくれ」

はい！　という張りつめた若手行員の声を背後に聞きながら森野が首をかしげた。

「しかし、明日中に全行員に頭取からの手紙を出すだなんて、よくまぁそんな無謀なこと思いつきましたね」

「行員の動揺を鎮めるためにできることは、これくらいしか思いつかなかったんだよ。ちなみに、明日中じゃないよ。今日中だ。もう深夜0時を過ぎたからな」

「はぁ、徹夜になりそうですね」

「頼むよ。当行はじまって以来の危機だ。この危機を乗り越えるためにも、行員の気持ちをひとつにしなきゃならない。そのカギを握っているのは、俺と森野、君だけだ」

敬のほとばしる熱い言葉に、森野もうなずく。

「敬さんについて行くと、とうの昔に決めてますから」

敬と森野の言葉を感動した面持ちで見つめていた若手行員は、ハッと我に返りふたたびパソコン操作に戻った。

敬たちのいる部屋に、秘書課の行員が一枚の紙を手に駆けこんできた。

「あがりました。頭取の手紙です」

「ご苦労さん、すぐに印刷にかけよう」

筆で丁寧に書かれた手紙であった。武田頭取の清廉潔白な人柄がそのまま現れたような文章と文字を見て、敬は大きくうなずいた。

文字と言葉には、その人の生きざまが現れる。これなら、行員たちの動揺を抑えられるかもしれない。

——行員のご家族様へ
この度、誠に遺憾ながら大蔵省より芝浦銀行破綻との勧告を拝受いたしました。これまでご尽力いただいた行員の皆様方の努力を無にする結果となってしまいましたことに、頭取である私の責任を痛感しております。（中略）この度は大蔵省の勧告を受け入れざるを得ませんが、私が全責任を持ち行員の皆様の雇用継続について、全身全霊をかけ、取り組んでいく所存です。

ご家族の皆様におかれましては、何かと御心配のことと存じますが、委細決まり次第ご連絡させていただきますので、どうぞ今しばらく見守ってくださいますようお願いいたします。

芝浦銀行頭取　武田信雄

2. 逆風

敬たちは「頭取の手紙」を印刷、封入し、その日の朝には郵便局から全行員の家族にむけて発送を完了した。

数時間後、朝刊や朝のテレビ、ラジオのニュースで一斉に「芝浦銀行破綻か!?」との報道がなされた。

週明けの月曜日の夜。組合の執行部員たちが集まった。敬が集めたのだ。

約２００名の組合員たちは一様に不安顔である。中には、無念や怒りをにじませている者もいた。

敬はみんなの前に立ち、落ち着いた口調で話し始めた。

「すでに報道等でご存知かと思いますが、このたび芝浦銀行は破綻勧告を受けました。受け入れざるを得ないと思います」

組合員たちの間に、ざわめきが走る。

「あの報道は、本当だったのか」「ガセネタであれと願っていたが」「なんでこんなことになったんだ」

敬は、ざわめきが静まるのを待った。敬が強い光のこもったまなざしで会場を見わたすと、ほどなくざわめきはおさまった。敬は再び口を開いた。

「すなわち、芝浦銀行は倒産という形になります。今後については、まだ何も決まっていません」

「無責任じゃないか！」「私たちはどうなるんですか」「頭取は何をしているんだ」

飛び交う怒号を無視して、敬は話しつづけた。

「私は頭取と約束しました。そもそも芝浦銀行は港相互銀行から生まれた新しい銀行です。私たちには新しい銀行を作ったスキームがあります。このときのように行員の皆さんがこれまで通り働けるような体制を作るよう、努力します！」

「ふざけるな！」「上のほうだけで勝手に決めるな！」「新しい職場なんて行かないぞ！」

いっぽうで「静かにしろ！」「話を聞け」「委員長だって大変なんだ」と、会場をしずめようとする者もいて、会場は混迷の度を極めた。

敬が一言話すたびに、会場から賛否の怒号が湧き上がる。集まった行員たちの不安と怒りが交錯し、共鳴し合って、収拾のつかない状態となった。

敬とて、正しい情報や正解と思われる答えをもっていないのだから、そのような状態で怒りに狂った人々を説得できようはずなどなかった。

結局、その日は集まった行員たちの怒号を受け止めるだけの時間となった。

司会を務めた森野がこぶしを握り締め、ひたすら人々の怒号を受け止めている敬からマイクを受け取った。

「あの、皆さん。最終電車の時間が近づいてまいりましたので、今日はこのへんで終わらせていただきます」

「冗談じゃないぞ」「俺たちはまだ納得してないぞ」「逃げるのか!?」

敬は、ふたたび司会からマイクを受け取り叫んだ。

「何かひとつでも新しいことが決まれば、すぐ皆さんに報告します。どうかそれまで待ってください」

深々と頭を下げる敬をしり目に、イスを蹴るようにして立ちあがり、大勢の人が出ていった。

あとに残った数名の行員たちが、「委員長、大変でしたね」「ご無理なさらないでください」と、そっと敬に声をかけ、部屋を出ていった。

すべての行員が部屋を出ていくまで、敬は頭をさげ続けた。

その日、敬が職場をあとにしたのは、午前2時。タクシーの車窓から、都会のビル群を見あげた。

（建物は立派だが、この街はすでに砂上の楼閣と化しているのではないか。いや、そもそもがバ

ブルに浮かんでいた幻影だったのかもしれない）

敬は大きくため息をついた。

「お客さん、ずいぶん、お疲れのようですね」

タクシーの運転手が遠慮がちに声をかける。

「社会人になってから、弱音を吐かないことを信条にしてきました。でも……」

言いよどんだ敬に、運転手は首をかしげつつ言った。

「最近、私は耳が遠くなりましてね」

「なら、今だけ、一度だけ、弱音を吐かせてもらいます……辛いです」

その後は、運転手も敬も口をつぐんだ。沈黙を載せたタクシーが深夜の都会を走りぬけていく。

家に帰ると、ヨークシャーテリアのラッキーが玄関先まで迎えにでてくれた。いつもと同じようにハッハッとうれしげに舌を出しながら、敬の足もとにまとわりつく。

「ラッキー、出迎えてくれてありがとうな」

と、声をかけながらリビングの扉を開けて驚いた。郁美がソファから立ち上がり敬を迎えてくれたからだ。３人の子どもの育児で、目の回るような忙しさのはずなのに、貴重な睡眠時間を削って待っていてくれたことに、敬は心が温かくなった。

「なんだ、寝てなかったのか」

郁美は、敬の背中に回るとそっと背後から敬を抱きしめた。

「おつかれさま」

敬は、自分の中に小さな力が湧いてくるのを感じた。ひとりじゃないと思えた。全世界が敵に回ったとしても、郁美は、郁美だけは俺のことを信じてくれるだろう。自分の背中を守ってくれる妻がいることをこの時ほどありがたいと感じたことはなかった。

翌朝、寝不足で目の下に隈をつくりつつも敬は
「よし！　行ってくる」

と、玄関まで見送りに出た郁美に力強い笑顔を見せた。郁美の足もとでは、ラッキーがご機嫌にしっぽを振っている。

玄関ドアが開き、朝日が敬を包み込むように輝く。まぶしさに目を細めつつ、郁美も笑顔で答える。

「行ってらっしゃい！」

玄関ドアが元気よく閉まった。暗くなった玄関で、そっとラッキーを抱き上げると、閉じられたドアに向かって郁美は祈るようにひとりつぶやく。

「がんばってね、敬さん」

出社した敬を待っていたのは、「プルルルル、プルルルル」という、怒涛の電話の呼び出し音だっ

た。従業員組合の本部にひっきりなしに電話がかかってくる。ほとんどは「その後、どうなったか」という問い合わせの電話だったが、中には、敬の立場をおもんぱかった励ましの電話もあった。

そんな中、あの人から電話がかかってきた。気合の入った大声が、敬の耳をつらぬく。

「よぉ、外様田。どうだ？」

「伊達さん！」

「まぁなんだ。おまえなら乗り切れる。それだけだ」

「待ってください、伊達さん」

そう言うと敬は、スーッと息を吸った。そして伊達に負けないような大声を張り上げた。

「見ててください、俺のいきざまを！」

「ふっ、はーっはっはは!!」

電話口からは、天が割れるほどの大きな笑い声が返ってきて、そして電話は切れた。電話を切った伊達はつぶやいた。

「やはりおまえは天下を取る奴だよ。外様田」

一方、敬の方は、伊達の笑い声で耳がキーンとなった。耳たぶを引っ張ったりして「いやぁ、まいったな」とつぶやいていると、「いや、まいったなぁ」とあくび交じりにぼやきながら森野が出社してきた。相変わらず電話の音が「プルルルル、プルルルル」と鳴り続けている。

「あっ、敬さん。おはようございます。耳、どうかしたんですか？」

敬は、晴れやかに笑顔を浮かべた。

「あぁ、とびきりの気合を入れてもらったよ」

下がっていた森野の眉が上がった。

「うん、いつもの敬さんだ。昨日の騒ぎに、この電話の音、入行以来このかた最悪の朝だ。だけど敬さんの笑顔をみてたら、なんか乗り越えられそうな気がしてきました」

「おう、しょせん俺たちは、できることをやるしかないんだ」

「ですね！」

そのとき、敬は閃いた。

「ちょっと、頭取に会ってくる」

「え、ええ？　アポは取ってあるんですか？」

「んなもん、ないよ」

そう言い残し、風のように去っていく敬をあっけにとられたように見送ると森野は、

「ホント、ふしぎな人だなぁ。だけどなんかあの人を見てると『やれる』って思えるんだよなぁ。

よし、俺も戦うぞ！」

そう言うと手近な電話の受話器を取った。

「はい、従業員組合本部です。はい、その件につきましては……」

3．逆転の一手

数十分後、敬は武田頭取に対面していた。頭取の大きな机のこちら側に両手をついて熱弁をふるっている。

「ですから、大蔵省に対して、こっちから打って出るんですよ。我々は言ってみれば、破綻銀行の一番槍です。うちが粛々と運命を受け入れてしまったら、後に続く銀行も同じ轍を踏むでしょう。ぜひ、一矢報いましょう。逆にこちらから大蔵省にプレッシャーをかけるんです！」

最初は、首をかしげていた武田だったが、次第に「ほぉ」という表情になり、やがては、真剣にうんうんとうなずきだした。敬が話終わると、武田は腕組みをしてひとつ大きくうなずいた。

「外様田君、具体的な計画を教えてくれないか？」

敬の顔が晴れ晴れと輝いた。

「私の計画はこうです。大蔵省に対して、ひと芝居打つんです。まず私たち従業員組合が、頭取に対して要望書を出します。雇用や就労について、行員たちは一枚岩で、破綻にあらがう覚悟を持っているぞと示すんです。これほど、まとまった意志の力を、国は潰すんですか？　と問いかけるためです」

「なるほど、何かといえば自分たちは安全な場所にいて、横から口だけ出してくる官僚どもに怒りの声を叩きつけるわけだな」

「そうです。そもそも、経営破綻は現経営陣や現場の責任もあるけれど、私たちは、いちいち国にお伺いをたててやっています。国からも随時、検査に来ているわけです。そして、日銀や大蔵省の指針についてては、国の方針に基づいてやっているわけですよ。バブルがはじけたからといって、その後始末を現場だけに押し付けるつもりですかくらいのことは言ってやっていいと思います」

「なるほど、面白い。しかし……」

少し考えこんだ武田を見て、不安がよぎる。

(人格者の武田頭取だ。さすがにこの作戦は受け入れてもらえないか)

すると、武田が敬を見あげ、ニヤリと笑った。

「外様田、もっと過激な文言で書け」

「え、は?」

「数は力、意志はエネルギー。君の言う通りだ。安全な場所から指示だけ出して都合が悪くなったら、現場を尻尾切りして、保身に走ろうとしている国家公務員たちにも、現況を認識してもらわねばならぬ。連合にも協力を要請しろ。労働者の怒りを大きなうねりにするんだ。そのために遠慮なく言葉で私を攻撃しろ」

「はいっ！」

改めて敬は、人の上に立つ頭取の胆力に触れた気がした。思わずまぶたが潤みそうになるのをグッとこらえた。

急ぎ執行部に戻った敬は
「我々、労働者は断固戦う。労働者の権利を脅かされるのならば、徹底的に声をあげる」といった文言を書き連ね、委員長と三役の署名をした要望書が完成した。

武田頭取は、力強い言葉がならぶ要望書を満足気にながめ
「これだけ書いてあればいいだろうね」

と、満足気にうなずいた。

武田は腕まくりをしそうな勢いで立ち上がった。

「よし、これを明日持って戦いに行ってくる」

大蔵省とのつばぜり合いを武田頭取に託した敬は、すかさず第二の矢を用意した。

全銀連合の議長に面会を求め、こう切り出した。

「もしも、当行が倒産したら、次はどうなると思いますか？」

神経質を絵に描いたような議長は、こめかみに浮いた青い血管をピクつかせた。

「そうですね。おそらく次の第二地銀が標的になるでしょうね」

「そうならないように、ぜひ全銀連合の力を貸していただきたい！」

敬が要望したのは、「全従業員の雇用を守れ」という要望の署名活動である。

結果、従業員やその家族、４万人もの署名が集まった。段ボール１０箱分ほども集まった署名を携えて、大蔵省に乗り込んだ。

敬と同行してくれた議長は
「我々、第二地方銀行の従業員は今回の問題を懸念しています。全従業員の雇用を守るべく大蔵省にもご協力をお願いしたい。いや、監督庁としての責任を果たしていただきたい」

神経質そうな表情とは打ってかわって凄みすら見せて、先方に迫った。

敬と全銀連合議長が署名を提出した場面は、マスコミにも大きく取り上げられた。

その後、敬は第三の矢を用意した。全銀連合のさらに上部団体である連合にも相談を持ち掛けたのだ。

芝浦銀行を取り潰す計画だった大蔵省の計画は、労働者たちからの思わぬ反撃を受け、トーンが下がった。背後に連合の動きを察知したことも大蔵省が及び腰になった要因と言えるかもしれない。

結果、敬と武田頭取が想定した中で最高の結果を迎えることとなった。

すなわち、全支店をそのまま存続、従業員の雇用も守られた。そして、芝浦銀行は新たに「港南銀行」として再出発することになったのだった。

4. 波乱の再スタート

倒産騒ぎから半年が経った。明日には、「港南銀行」が旗揚げとなる。港と錨を組み合わせたロゴマークを眺めながら、組合専従の事務職員である赤川朱里がうんうんとうなずいている。朱里は半年前に結婚したばかり。新婚ならではの華やいだ空気が全身からにじみ出ている。

「港南銀行って名前もおしゃれだし、ロゴも今どきでいい感じですよね」

明るい声で敬に話しかける朱里に敬は思わず苦笑した。

「いやぁ、半年前の赤川さんの結婚式は、ホント大変だったけどな」

「だって、まさか、結婚式の3日前に、勤務先が破綻するなんて思ってもみませんでしたし」

そうなのだ。朱里の結婚相手も同じ行内に勤めている。破綻報道からわずか3日後に開かれた晴れの日の式典。集った親戚や友人たちが一様に、勤務先が破綻したふたりの華燭の宴を不安な面持ちで眺めていた。敬は、主賓として乾杯の挨拶の音頭をとりつつ、胃の痛むような思いだった。

「まぁでもな。赤川さんの結婚式は、まだ身内の話だからまだましだった。その1週間後の東関東銀行の従業員組合結成50周年は、他行のお偉方が集まった会だったから、いたたまれなかったよ。しかも、俺が2番目に挨拶することになっててさ。檀上に立って祝辞を述べはじめたら、ざわざわ、ざわざわって、会場のあちこちから聞こえてくるんだよ。『破綻したのでは?』『芝浦銀行さん、いいのかこんなとこにいて』とか。あの時ほど、なんでだよ〜って思ったことなかったな」

「欠席するわけにはいかなかったんですか?」

「だって、日程は1年前から決まってたんだぜ。ムリだよ」

「はぁ〜、お互い、大変でしたね」

「ま、今となっては笑い話だ。終わり良ければ、すべて良しってな」

「外様田委員長は、いつも明るいですね! 私も見習わなきゃ……あっ、外様田委員長、今日は新しい頭取さんとの面会予定です」

「あぁ、そうだったな。ちゃちゃっと済ませてくるわ。そろそろ皆も来る頃かな」

敬の言葉が終わらぬうちに「おはようございます」と挨拶しながら、森野以下、ぞろぞろと執行委員たちが部屋に入ってきた。

20分後、敬率いる10名の執行委員たちは、会議室で東西銀行から派遣されてきた新頭取、日銀からの新副頭取以下、ずらりと並ぶ役員たちと長机を挟み、対面で向かい合った。

人事部長からは「組合活動の説明や、来年の運動方針などを手短に10分程度でご説明お願いします」と、事前説明を受けていた。

石田という名の新頭取は、よく言えば育ちが良く教養高そうな外見であるが、悪く言えば頭が固く容易に人に心を開かなそうな雰囲気だ。今もむすっとくちびるを引き結んで、従業員組合の面々に対して、気は許せないといった面持ちで、ためつすがめつ見つめている。

「では、外様田委員長、お願いします」

人事部長にうながされ、敬はしゃきっと立ち上がった。

「組合委員長の外様田です。今年度の活動方針は……」と、話し始めたのだが。

あまりにも無表情で、どこか他人事のように聞いている石田新頭取の胸中がはかりかねた。どうにも暖簾に腕押しといった感じで、こちらの言葉が届いているのかどうか不安がつのった。今、もうここにはいない同志の武田頭取の面影がちらつく。武田は、敬と協力して芝浦銀行を守った後、潔く身を引いて今はもといた銀行に戻っていった。（武田元頭取に恥ずかしくない仕事をしなければ）敬は、気合を入れなおした。

「例年どおり、１泊２日の研修を行います。講師には、元銀行員の方をお招きしています。バブル崩壊を予想し勤めていた銀行を辞めて講師になったという今、話題の方で、これからの銀行のあり方などをテーマに話していただこうと思います」

そのとき、石田の眉毛がかすかに動いた。（お、少しは興味を持ってくれたか？）そう思った敬は、笑顔で付け加えた。

「各店の支店長で時間のある方がおられたら、ぜひご参加いただければと思っています。私からのご報告は以上です」

敬が座ろうとした瞬間だった。

ダン！　机をたたく激しい音がした。会議室が凍りつく。音をさせた主は、頭取その人だった。

こめかみに青筋を浮かべ石田頭取は「ふざけるな！」と怒鳴った。

さっきまで石像のように無表情だった頭取のいきなりの豹変ぶりに、敬も他の人たちもあっけにとられるばかり。人事部長に至っては、驚きとショックで小さく肩をふるわせている。

頭取はガタンとイスを弾き飛ばす勢いで立ち上がると、人さし指で敬をビシッと指さした。

「支店長どもを教育するのは、この俺だ。お前ごときに、支店長の教育に口を出す資格などないわ。わきまえろ！」

大人げないほどの頭取の激高ぶりに、ただただあっけにとられていた敬だったが、

「そうですか」

と、おだやかな笑顔を浮かべた。

敬が、落ち着いた対処をしてくれたと人事部長が胸をなでおろした。が、それは人事部長の早計だったようだ。

敬は、少しもひるまず頭取の目をジッと見返した。

「ですが、それはおかしいと思います」

まさか反論されるとは思わなかったのだろう。頭取は、押し黙って敬をにらみつけた。

敬はつづけた。

「なぜ、芝浦銀行は倒産したのでしょうか。それは、上層部にも問題があったからです。労使が一体となって、いろんな問題に対処してこなかったから、こういうことになったんです。同じ職場で働く人たちが同じ方向のベクトルを持って、コミュニケーションを取りながら進んでいくことが大切だと私は思います。労使の間で線引きをするのは、間違いです」

怒りのあまり、わなわなしている頭取を横目で見ていた副頭取が敬の言葉をさえぎった。

「き、君！　失礼じゃないか！　頭取と私は、東西銀行と日銀から来てやったんだぞ。こんな潰れかけのどうしようもない銀行に、おっとこれは失礼」

言いすぎたと思ったのか、副頭取は指先で口を押えたが、この言葉と白々しい態度には、さすがに旧芝浦銀行時代からの経営陣も鼻白んだ。人事部長は、手にしていた原稿をぐしゃっと握りつぶし、眉をひそめた。そもそも、日銀職員の特権意識をもともと快く思っていない銀行員は少なくない。

ようやく自分を取り戻したらしい頭取が、怒りの矛先を人事部長に向けた。

「な、ななな生意気にもほどがある！　人事部長、いったいどういう教育をしとるんだね！」

敬は、ひるまず頭取に言葉をぶつける。

「頭取、話をそらさないでください。たしかに芝浦銀行は倒産し、我々は一度死んだ者たちです。だからこそ、二度と失敗するわけにはいかないんです。真剣です」

「だからぁ、なんでおまえは上から目線なんだよ⁉」

もはや最初の取り澄ました態度はどこへやら、石田頭取はわなわなと体をふるわせ、顔を真っ赤にして怒鳴った。

敬は、そんな頭取に対して一歩も引くつもりはなかった。敬の背後には、従業員組合の面々が控えているからだ。立場が上の人間に対しても、臆せず物を言える委員長でありたかった。そうでなければ、約千人もの行員たちを守ることなど、できはしない。

最初に掛け違えた会話のボタンは平行線をたどり、その後、ふたりの口論まがいの会話は、約1時間も続き、ついに人事部長がふたりの間に割って入った。

「あ、あの、次の面談予定がございますので、このあたりで」

にらみ合っていた敬と頭取は、人事部長の言葉をきっかけに互いに顔を背け合った。

肩を怒らせ会議室を出た敬の肩をガッとつかんだ者がいた。驚いて振り返ると、真っ青な顔をした人事部長だった。

「とんでもないことをしてくれた」と、叱られるかと思ったが、人事部長は大きくうなずきながら声をひそめた。

「外様田くん、よく言った。よく言ってくれた！　溜飲が下がったよ」

「へっ？」

腰のあたりでガッツポーズをしながらまた会議室へと戻っていく人事部長の背中をポカンと見送る敬の胸中は複雑だった。

(だったら、人事部長も加勢してくれたらよかったのに)

そのとき、随行していた組合執行部のメンバーが敬を取り囲んだ。

「いやぁ、やっぱ外様田さんはすごいっすわ」「カッコよかった」「頭取に物言うとか普通できませんよ」「一生ついてきます！」

感動を抑えきれないといった様子で口々に敬をほめそやした。

そんな彼らに対して、敬は表情をひきしめた。執行部の面々に言っておかねばならないことがある。

「勘違いしないでほしい。別に頭取に反抗したり、文句が言いたかったわけじゃない。組合の従業員をどう守っていくのか、どういうやり方で新港南銀行をかじ取りしていくべきなのか、そこが一番のポイントだと思ったから言ったまでだ」

納得した表情でうなずく執行部の面々を見て、敬はさっきの物言いは、無駄ではなかったと実感した。

5. 置き土産

新体制になって2カ月後、夏のボーナス問題が持ち上がった。港南銀行のリスタートには、国の資金が使われている。つまり借金を背負ってのスタートである。そのような状態で、行員たちにボーナスなど出せようはずもなかった。

「だが、それじゃ困る行員がいるよな」

敬は、組合書記局で森野にむかってこぼしていた。

「はい。私も困ります。住宅ローンのボーナス部分の返済を返せなくなります」

森野が太い眉を下げた。家庭を持つ多くの行員たちは、ボーナスからいくばくかの金額をローン返済に充てている。ボーナスが出ないとなれば、どこからかその資金を捻出しなければならない。仮に住宅ローンがない場合でも、車のローンや教育ローンなど、様々なケースが考えられる。

敬はとんとんと机を指でたたいて何事かを考えていたが「よし、これで行こう」とうなずいた。

「おっ、何かアイデアが降りてきましたか？」

「今回のはアイデアというより苦肉の策という感じだが、行員のみんなが苦労するのを指をくわえてみているよりはましだろう」

敬は、港南銀行による一時的な貸し出しによる補填と、社内融資を組んでいる場合は、いったんそのローンの返済を停止するという措置を提案した。この救済措置により、助かった行員は少なくなかった。

後日、こうした特別措置が取られることを告知する書類の原稿をチェックしていた敬に森野が話しかけた。

「いやぁ、銀行員なのにボーナスが出ないなんて、親戚に言えないっすよ」

敬はちらっと書類から目をあげ、森野を見つめた。

「まぁな。だが、俺は、これはチャンスだと思う」

「チャンス？　どう考えてもピンチじゃないですか」

「いや、個々人にとってチャンスだよ。経済成長が止まった日本において、今まで通りのバブルな生活をしていたら、早晩、家計が破綻するに違いない。どこかに俺たちは天下の銀行員だからというおごりはなかったか？　知らず知らずのうちに高くなってしまっていた生活レベルを見直し、身の丈にあった暮らしを考えるチャンスだと、俺は思うよ」

「やっぱ、敬さんにはかなわないな」

苦笑する森野の肩を立ちあがった敬はポンと叩いた。

「というわけで、次の委員長よろしく頼むよ」

「え、は？」

驚いて目を丸くする森野。敬はいたずらっぽく笑うと鼻にしわを寄せた。

「もう4年も委員長を務めたんだぞ。そろそろ後進に道をゆずるべき時だ」

森野は「なるほどな」と、つぶやいた後、目線をあげてしっかりと敬をみつめた。そしてひたいに手をあて、感に堪えないといった様子で語りだした。

「天の采配ということを感じます。敬さんは、この銀行にとってのゲームチェンジャーだったんだ。銀行が無くなるかという難局を前頭取と一緒に乗り越え、新しい頭取に対しては行員たちを守るために断固として戦ってくれた。こんな人、いませんよ……私に、そんな重責が務まるとは思いませんが、敬さんが残してくれたものを全身全霊で守っていきます！」

外様田は何も言わずにほほ笑み、うなずいた。

港南銀行がある程度、軌道に乗ったタイミングで、敬は従業員組合委員長役を降りた。

歴史と野球に「もしも」は言わない約束であるが、もしも1年早く敬が委員長を辞めていて。武田頭取と組んで大蔵省相手に大芝居をうつことがなかったら、あるいは港南銀行は生まれていなかったかもしれない。

じつは、破綻した銀行が従業員や支店をそのまま引き継ぎ、新しい銀行としてリスタートできた例は、日本の銀行史上この芝浦銀行の一例のみである。この後、日本の金融界は、同年１１月の阪和銀行破綻を皮切りに、翌年の京都共栄銀行、北海道拓殖銀行、さらには日本長期信用銀行、日本債権信用銀行と相次ぐ破綻に加え、三菱東京とＵＦＪ、さくらと住友の合併など金融業界再編の大嵐が吹き荒れるのだった。

森野が言うように、芝浦銀行が港南銀行としてリスタートできるわずかの可能性を現実のものにしてみせた敬の存在は、まさに天の采配と言えるのかもしれない。

しかし、それはほとんどの行員が知らない、芝浦銀行の短い歴史の裏側に埋もれた出来事なのだ。

第4章【リスタート】

1．10年ぶりのバンカー

　従業員組合で10年もの間、専従職員として働き、通常の銀行業務から離れていた敬は、審査部審査役という職務で銀行業務に復帰することになった。

　破綻の余波を受け、港南銀行においては、金融監督庁から高額の融資について、各支店で決済ではなく、本部の審査部で決済するように、との指導がなされていた。新たに審査部勤務となった敬も数店舗を担当し、日々、決済の可否の判断をゆだねられた。

　上司となった融資部の部長は、松永という関西出身の少々あくの強い男だった。

「外様田はん、しっかり気張ってや」という柔らかな物言いとは裏腹に、なかなかに陰湿なやり方で敬をいたぶった。たとえば敬が出した書類に承認印を押さず、いつまでも放置しておくとか、書類の不備とも言えない不備をネチネチとあげつらったあげく「はい、ほなもう一回やりなおーし」と突き返されたりした。

　松永の執拗な口撃を受け、夜10時、11時といった時間まで書類直しのために残業を続けざるを得なかった。寝不足で目の下に隈を作りつつ、その日も松永部長のデスクで書類のチェックを受けていた。松永はいつものようにのんびりした口調でだらだらと文句をつける。

「ここが、これやろ？　ほんなら、ここはこうなるはず……」急に松永の声がとぎれた。かと思うと、グー、グーと寝息が聞こえ始めた。

「は？」

敬がいぶかしんでいると、秘書の女性がそっと近寄ってきて
「部長は睡眠時無呼吸症候群なんです。時々、こうやって寝落ちしちゃうんです」

と、耳打ちして去っていった。

しょうがない、席に戻るかとくるりと背を向けたとたん。

「おいおい、外様田君。まだ、話は終わってへんで」

と、呼び戻される。嫌味に加えて部長の持病のせいで、さらに仕事に差しさわりが出てしまった。

「なんとかならないかな。しごかれる分にはいいんだが、効率が悪いのがどうにもやりきれない」

自宅で郁美にこぼすと郁美はニコッと笑った。

「敬さんは、強運の持ち主だから、そのうちきっと状況は良くなるわよ！」

「ワン、ワン」

ヨークシャーテリアのラッキーがふたりの足もとで吠える。

「ほら、ラッキーも『そうだよ』って言ってる」

「そういえば、ラッキーがうちに来てくれてから、俺の運は良くなったかもな」

「じゃあ、強運の持ち主はラッキーなのかも」

しばらくすると、郁美の予言通り、突然、運が開けた。なんと、松永が異動になったのだ。

松永の送迎会の席。

「お疲れさまでした」

と、敬が松永にビールを注ぐと、

「いや、ほんま疲れたわ」

と、松永はうまそうにビールを飲み干した。

「まぁ、でもわしの指導に、あんさんはよう耐えた。さすが石田頭取が見込んだ男だけあるわ」

敬は耳を疑った。

「頭取が……見込んだ？」

「なんや、知らんかったんか？　１０年間、銀行業務を外れてた外様田くんを『１年で、支店長にできるまでに育て上げろ』っていうのが、頭取に命じられたわしのミッションやったんや。そやから、手厳しくやらしてもらいましたで」

そう言ってニヤリと笑う松永。

「そうだったんですか……ご指導、誠にありがとうございました」

驚いたが、敬は素直に頭を下げた。のらりくらりとした態度ではあったが、たしかに松永の細かい指摘には、ハッとさせられるところもあったのだ。

それにしても、初対面時に1時間にも及ぶバチバチのバトルを繰り広げた石田頭取がそこまで自分を買っていてくれたことに驚きを禁じ得ないでいると、松永がニヤリと笑った。

「あかん、あかんなぁ。まだまだや。今のはわしの口から出まかせかもしれんやろ。そうやって人の言うことをすぐ真に受けて信じるようでは、まだまだ甘い。銀行員たる者、相手の腹の底まで探れるようにならんとあきまへんで」

渋い顔になった敬を松永は指さし、かかと笑った。

「まぁ、でもその正直でまっすぐなとこが、あんたさんのええとこなんやけどな」

こうして、タヌキ親父松永は、もといた銀行に戻っていった。

松永の代わりに明智という部長が赴任してきた。新部長は、松永とは真逆の四角四面な性格で、なにかといえば「マニュアルに従って」というのが口ぐせであった。あらゆる業務はマニュアルに基づくべきという考え方の持ち主で、マニュアルがない業務については、「それはいけません。今すぐマニュアル化してください」と、個人の判断よりもマニュアルにもとづいた画一的な業務を是とした。

融資金額の判断に関しても同様で、1円でもこれまでの実績額を超えると、血相を変えて「これは本当に大丈夫なのですか!?」と、神経質に担当者を問い詰める。

だが、そんな細かい明智にも穴があることに敬は気づいた。明智にとっては、数字もある意味ではマニュアルのようなものだった。これまで融資したことのある額内なら、融資内容にかかわらずポンポンと判子を押すのだ。

これを利用しない手はない。そう考えた敬は、明智部長対策用に融資先のこれまでの融資額実績グラフを作った。業務を効率化するためである。

すると、これまでの躊躇が嘘のように明智部長は、ポンポンと判子を突くようになったのである。敬のやり方を真似て、他の行員たちも部長対策を行うようになった。

さて、石田頭取の計画に基づいて、まったくタイプの異なるふたりの部長の元で支店長修行をした敬が、ついに支店長となる日がやってきた。新しい勤務地は、横浜支店。

2. 横浜の支店長

ついに敬が目標の一つとしていた支店長を拝命することになった。しかも、金融の重要地点である横浜の地だ。横浜支店の支店長という重責を担い、敬は公私ともに充実の時を迎えていた。

横浜という街は、明治時代以降、港町で国際貿易の拠点として発達してきた。そのため金融機関が多く集まっている。すべての都市銀行に加え、信託銀行や地方銀行など約５０の銀行の支店が集中していた。

赴任した敬が最初に提案したのは、顧客とのコミュニケーションの緊密化と地元への還元であった。自分の足で横浜支店の近所を歩き回った敬は、ケーキ屋さんを見つけた。

さっそくアイデアを閃いた。

「今、記念積み立ての企画あったよね。積み立てが満期になったときの景品として、地元のケーキ屋さんのケーキをプレゼントしようよ」

「いいですね！」「食べたら無くなっちゃうものより、文具とか残るもののほうがいいのでは？」

行員たちの反応は様々だった。敬が意図を説明する。

「ケーキを選んだのには、理由がある。誕生日や入学、卒業祝いを目標に積み立てをしてもらうんだ。例えば1年物の積み立て満期にケーキでお祝いって、ちょっといいと思わないか？」

と、いうようなことを説明すると、行員たちの目が輝いた。

「仕事ってさ、楽しみながら取り組むのがいいと思うんだよね」

それは、敬の持論であったが、むろん楽しいことばかりが待っているわけではない。横浜支店では、それなりにトラブルが待っていた。

もともと予定されていた金融監督庁の検査のための資料を準備していた融資課長の今川が休日のスキーで利き手を骨折してしまうというトラブルが起こった。何種類もの資料を用意しなければならないが、

「すみません、この手ではパソコンが使えません。ほんとうにすみません」

眉毛を思いきり下げた情けない表情でペコペコと頭を下げる今川。

「資料作りは、俺がやるよ」

敬がドンと自分の胸をこぶしでたたく。

「支店長～」

敬に抱きつかんばかりに感謝の意を表そうとした今川だったが、骨折している手を変にひねったのか「痛ててて」と悲鳴をあげた。

金融監督庁による検査は、約1週間という長丁場にわたり行われ、銀行にとっては緊張を強いられる業務であった。各支店の行員が資料を持ち寄り順番に金融監督庁の審査を受けていく。

各支店の融資先企業は、返済能力や返済履歴により、「正常先」「要注意先」「破綻懸念先」「実質破綻先」「破綻先」といったランク分けがされる。このランクによって引き当て額が異なってくるため、銀行側はなるべく融資先企業のランクを落としたくない。しかし、金融監督庁側はそれが仕事なので、細かく鋭く質問を重ねてくる。

「本当に大丈夫なのか」「この先、破綻するんじゃないですか」「何か隠していませんか」

このときの銀行側の答弁があやふやだったりすると、容赦なく「破綻懸念先」とか「要注意先」といったレッテルを貼られてしまう。銀行員にとっては、戦々恐々の場なのである。

今川融資課長が作るはずだった資料をすべて敬が肩代わりして仕上げ、本店に出向くと
「あれ？　なんで外様田くんが？」

と不思議がられたが、事情を説明し、検査に挑んだ。

ここでも敬は持ち前の合理性を発揮した。すなわち、金融監督庁とのやりとりを自分のペースに引き込むのである。

「この融資先についてですが……」

と、金融監督庁の職員が言いかけたのを引き取って
「ここの企業の戸建てがなぜ売れているのかといえば、普通の戸建てじゃなくて、特殊な戸建てを建てているからです。たとえば、子育てに特化した戸建て、あるいは二世帯住宅とか、平屋メインの分譲地など、地域に応じて特徴的な建物を建築しています」

他の報告者たちの数字中心の報告ばかり聞いていた金融監督庁の検査員たちは「おっ？」という表情になり、耳を傾けてくれる。そうなるとこっちのものだ。

「続きまして、こちらの融資先は、職人を丁寧に育てていまして、外装や塗装関係の業務で定評があります。社長は人を育てることに力を注いでいまして、日本の職人文化を次代に残していきたいという意気込みを持っています」

というようなことを事細かく述べていくと、

「そんな細かいことまで知ってるとは」と、驚きを持って受け止められる。

このような感じで融資先の話を2〜3件分もすれば
「はい、わかりました。よく融資先のことを調べあげておられますね」と、いう反応を引き出すことができる。

審査が終わり、部屋を出た敬は、同席していた審査部の行員に
「すごいですね、外様田さん。あんなにきめ細かい情報をすべての融資先に対して調べてあるんですか？」と驚かれた。敬はにやりと笑い返した。

「んなわけないよ。最初の2〜3件だけに決まってるよ。要は相手を『すごいな』と印象を与えればそれでいいんだから」

審査部の委員は「ふえ〜」っと感心したようにうなった。

こうして審査は乗り切ることができたが、またまた今川融資課長がやらかした。

飲み会の帰り、こともあろうに電車の中に顧客情報を印刷した資料を置き忘れてしまったのだ。

さすがの敬もしぶい表情だ。本来は顧客データは支店外に持ち出し禁止なのだ。しかし、融資課長は、仕事を家に持ち帰ってやろうとして、電車の荷台に置き忘れてしまったのだ。悪意はないのだが、いかんせん問題が大きすぎる。

しかも、この問題は意外な方向へ進展した。翌朝のことである。

「外様田支店長、マスコミの方からお電話です」

と、電話が取り次がれた。まさか、早くもマスコミがこの事件をかぎつけたのか!? 敬は、内心焦りつつ電話の応対に出た。電話の向こうの声は、少しくぐもっていた。

「もしもし、支店長さん？ 私、マスコミの者ですけどね、お宅のデータみたいなものを入手しましてね」

やはり、例の件だった。

「ありがとうございます。大切な物なのでお返しいただけますか」

怪しいとは思ったが、相手を刺激しないよう下手に出た。ところが、

「それがですね。私が持っているわけじゃないんですよ。とある人物から『港南銀行横浜支店のデータを拾った』というタレコミがあったので、これはまずいと思って、お電話さしあげた次第です」

相手は敬の出方を伺っているのか、しばし沈黙したが、敬はあえて口をつぐんだ。下手に言質をとられない方がいい相手だと直感した。

「データを持っている人間は、マスコミに出すと言っていますが、私が仲介しますので、いくばくかのお金と引き換えに大切なデータをお引き取りされてはいかがでしょうか」

ゾッとした。相手は善意の第三者であるかのような物言いをしているが、要は「お宅の大切な

データを人質に取っているから身代金を払え」と脅しているのである。

「今すぐに私の一存では決めかねます。少しお時間をいただけませんか」

「わかりました。では2時間後にまたお電話します。あ、お分かりかと思いますけど、万が一警察に連絡されたら、データはすぐにマスコミに流れますから」

そう言って電話は切れた。敬はすぐさま本店と地元の警察に電話を入れた。警察が詳しく話を聞かせて欲しいと言うので、警察に出向き事情を説明していたときだった。敬のＰＨＳが鳴った。

電話に出た敬は、手ぶりで「犯人だ」と警察官に伝え、その場に緊張が走った。

警察官は身振り手振りで「電話を引き延ばせ」と敬に伝え、敬は緊張しながらも平静を装った。

「銀行内で方針が固まりました。そちら様にお金をお支払いします」

2時間前の電話とは打ってかわって、相手はあせりからだろうか、取り繕ろう様子もなく、ガラの悪い話し方に変わっていた。

「ふん、おまえ、警察に言ってないだろうな」

「言ってませんよ。そういうお約束でしたから」

「ウソついてもすぐバレるからな」

「ところで、どこでその資料を受け渡ししていただけますか？」

「それはあれだ。また電話する」

「え、すみません、よく聞こえないです。もう一回言っていただけませんか？」敬がそう言うと電話はいきなりプツッと切れた。

「いい感じで引き延ばしていただいたんですが、逆探知は無理でした」

警察官は悔しそうに顔をゆがめた。

その後、敬を筆頭に横浜支店の面々は犯人からどんな要求が来るかと毎日気をもんでいたが、どうやら警察に伝わったことがばれたのか、その後犯人からは一切連絡が来なくなった。

3．前科16犯

そんな後味の悪い事件と入れ替わりのように、またも新たな問題が勃発した。

当時、バブルがはじけて多数の不良債権に悩む銀行を救うために国が代わりに不良債権を引き受ける整理回収銀行というものが立ち上がっていた。敬の支店でも個人や企業に関わらず不良債権化したローンは、すべて整理回収銀行に回されることになった。

そんなタイミングで、ラーメン屋を営業している荒木という男の妻から電話がかかってきた。じつはこの荒木という男、表向きはラーメン屋の店主だが、実体は現役のやくざ者であった。男の妻は、なれなれしい口調で敬に話しかける。

「なんか、うちの住宅ローンをなんたら回収銀行に回されるって話なんだけど、困っちゃうのよね。というのは、今度うちの子が私立中学を受験することになっててさ、ローンが滞ってるってことになると、受験まずいのよ。すぐローンの支払いするから、そのなんたら回収銀行に回すのやめてくんない？」

滞っているローンを払ってもらえるなら、それにこしたことはない。

「あ、わかりました。それならすぐにストップかけますね」

と、請け負い、すぐに本部に電話して事情を説明すると、「了解した」との返事。

敬は折り返し、荒木の妻に「本部にＯＫもらったので、返済の入金お願いします」と連絡を入れた。

「ありがとー」陽気な妻の声に、胸をなでおろしたまではよかったのだが。

数日後、本部から「一度、回収銀行に提出した不良債権を差し戻すことは不可能だ」と敬のところに連絡が入った。一度受け入れた案件をあっさりとひるがえしてきた本部に腹が立ったが、決まりとあれば仕方がない。

敬は、腹をくくって荒木本人に連絡を入れた。当然のことながら、荒木は電話口で激怒した。

「はぁ、何だと!?　おまえ、うちのヤツに大丈夫って約束しただろ。なんでダメなんだよ」

敬が、銀行の一存だけではどうにもならない問題だと説明して、相手は頭に血がのぼっている状態で聞く耳を持たない。ついには、

「おい、今からそっち行くから、首洗ってまってろ！」

と、捨て台詞を投げつけられた。

面倒なことになったと、ため息をつく敬だったが、まさか本気で乗り込んでくるとは思ってもみなかった。ところが、午後から営業に出ていて、戻ってきたところを車を降りたタイミングで、待ち伏せをしていた荒木が襲い掛かってきた。

敬はあわてて支店の中へ逃げたが、相手は中まで追ってきた。ロビーに響く荒木の怒鳴り声。何も知らない客たちは、何事かと驚いている。行員があわてて警察を呼んだ。

すぐに駆け付けた警察車両のサイレンの音を耳にすると、荒木はすぐに逃げ出していた。駆けつけた警察官に事情を説明していると、「荒木ってヤツは前科１６犯ですよ。身辺に気をつけて」と恐ろしいことを言われた。「気を付けると言っても、どうすればいいんでしょうか」

「まずは個人で被害届を出してください。そうしないと警察は動けないので」

警察のアドバイスに従うことにした。被害届を出してほどなく、白スーツに金色のド派手なネクタイを締めた角刈りの男が敬を訪ねてきた。その恰好を見た敬は、（また新手のヤクザか⁉）と身を固くしたが、じつはその白スーツは神奈川県警捜査４課の刑事だった。横浜は日本で最もヤクザが多いとも言われており、無法者相手に対面で負けるわけにはいかないのだろう。刑事たちの見た目も強面化してしまうのも、ある意味仕方のないことなのかもしれない。

しかし、警察の監視がはじまっても、敬に対する荒木のつきまといは収まらなかった。敬が営業に出ている間でも、支店の中にずかずかと入ってきては、女性行員に対して
「外様田に言っとけ。おまえの女房はソープランドに売り、家庭をボロボロにしてやるってな」

うら若い女性行員は、おどしとも本気ともとれる行動に、肝を冷やした。

またあるときは、外回りを終えて支店に戻ってきた営業担当が敬に耳打ちした。

「銀行の周囲に、変な男がうろついています」

思わずため息をつく。

「まぁ、夕方になったら帰るんじゃないの」

と、楽観的観測をのべた敬だったが、なぜかこの日の荒木は執拗だった。蛇のような執念深さで、支店の前で、敬を待ち伏せしている。仕方なく敬は、就業時間が過ぎても支店の中にとどまらざるを得なかった。そして、行員全員が協力しての敬脱出作戦が敢行される。

荒木が銀行の外で待っていると、建物の電気がすべて消えた。三々五々、行員たちが裏の通用口から出てくる。荒木は、薄暗がりの中で、行員たちに目を光らせていたが、敬の姿を見つけることはできなかった。

ひとりの女性行員をつかまえ
「おい、外様田はどうした？」

と、どすの効いた声でたずねると、女性行員は震える声で

「き、今日は現場から直接帰宅しました」

と答えた。

「チッ、逃げやがったか！」

荒木はイライラした声をあげると、こぶしを自分の手に打ち付けた。憎々し気に真っ暗になった銀行の建物を見あげている。

そのころ、電気の消えた真っ暗な銀行の中で、敬はため息をついていた。

窓のブラインドのすき間を指で押し広げ、外を見ると荒木が銀行の建物を見あげているのが目に入り、あわてて窓の下にかがんだ。

「なんだよ、あの狂犬みたいな男は。しつこいにもほどがある」

その後、荒木は３０分ほど、銀行のまわりをうろついて、やがて姿が見えなくなったが、敬はしばらく警戒を怠らず2時間ほどたってから、近くで待機してた部下に車で迎えに来てもらい、通用口で車に飛び乗り、なんとか脱出に成功した。

「これじゃ身が持たない」

翌日、敬は本部に窮状を訴えた。すると、ほどなくして本部から段ボール箱が届いた。開けてみると、防犯ブザーが5個入っていた。

「……これで身を守れと？」

部下もさすがにあきれた顔をしている。

「まぁ、うち5人家族だしな。人数分ちゃんとそろえてくれたんだな」

敬は自嘲ぎみに笑う。

「もし、外様田支店長の身に何かあったとしても『銀行としては行員の身を守るための安全策は取っていました』と言うためのただのポーズじゃないですか、こんなの」

鼻息荒く言う部下に敬は「怖いこと言うなよ～」と情けない声を出した。

敬の被害届を受け、埼玉県にある自宅を管轄とする警察署が動いた。

敬の自宅に大きな段ボール箱を持って訪ねてきた警官は、人の良さそうな笑みを浮かべ「これさえあれば、安心ですから」と、ずかずかと自宅に上がり込んだ。

段ボールの中からビデオデッキのような四角い機械を出してリビングルームのテーブルの上に置いた。

「これは？」

いぶかし気な表情でたずねる敬に警官は親指をグッと立てると
「逆探知機です」

「え？」ドラマや映画でしか聞いたことがない言葉に驚く敬、郁美も目を丸くしている。

「もしもお子さんがさらわれて、脅迫電話がかかってきても、これで逆探知できますからね、ご安心ください」

（いやいや、そもそも、さらわれちゃだめでしょう）と言いたかったが、警察に悪い心象を与えないようその言葉を敬はぐっと飲みこんだ。

警察官が帰ったあと、お茶を飲みながら敬は郁美を安心させようと語りかけた。

「今となっては、仕事場が通勤に２時間かかる横浜でよかったよ。さすがにあのヤクザがこの家を突き止めるのは難しいだろう」

「うん、ぜんぜん心配してないから、敬さんこそ、安心して」

明るく笑顔の郁美。彼女の肝が据わっていることをあらためて思い知る敬だった。

「それにしても、どうして敬さんだけが、狙われているの？」

「聞いてくれよ。前に市川支店にいたとき、支店長だった小早川っていただろ。あの人、今は本部の融資部長やってるんだけどさ、『不良債権の件でヤクザにからまれて困っている』って相談に行ったとき、小早川部長は何て言ったと思う？」

さぁ？　と郁美は首をかしげる。

「そもそも、あの人が『一度債権回収機構に移したローンは、二度と戻せない』って言ったのにだよ、俺にしれっとした顔で『その戻せないって話だけど、お前が言ったことにしろ』って言うんだぜ」

　思わず郁美は吹き出した。

「ひどいね。自分が恨まれないように敬さんを犠牲にしようとしてる」

「そうなんだよ。『本部に乗り込まれたりしたら、対外的にも聞こえが悪い』とかなんとか理由をつけてさ。本心は、自分は関わりたくないって思ってるんだよ」

「やくざの人に言ってやればよかったのに『本部の小早川って人が言いました』って」

「それだけじゃないんだぜ。小早川のヤツ、頭取に向かっては『本部は私がお守りいたしますから、ご安心ください』とか、いい格好しちゃってさ。さらに『すべてはこの外様田の責任です。おい、外様田、なんとか言え。おまえのせいでこんなことになったんだから』って。ダメだこいつはと思ったね」

「市川支店でも、何かと目の仇にされてたし、小早川さんとはくされ縁だよね」

「悪縁は切らなきゃな」

「あんまり目に余るようなら、本部に訴えたほうがいいよ。だって敬さんだけが危ない目に遭って、小早川さんがおいしいとこもってっちゃうなんて割に合わない。運が悪すぎるよ」

「そうだな、最近、運悪いかもな。お祓いにでも行くか」

　と冗談めかして言っていたのだが……。

しばらくすると、なぜかやくざ者の荒木は、横浜支店に姿を現さなくなった。警官が支店に常駐してくれるようになったからかもしれないし、もしかしたら、荒木の子どもの受験が終わり、横浜支店に粘着する必要がなくなったのかもしれない。

敬はホッと胸をなでおろしたのだが、まだ事件の幕は下りなかった。

「外様田支店長、警察からお電話です」

「外様田です。その節はお世話になりました。ありがとうございました。おかげ様でヤクザが姿を見せなくなりまして……」

と、礼を述べる敬の声をさえぎり、電話の向こうの刑事は声を張り上げた。

「いよいよです。来週、やります。荒木を逮捕しますよ！」

「え？　あの～もうこちらでは状況が落ちついたので……一度、本部と相談させてください」

せっかく落ち着いたヤクザ相手に逮捕などということになれば、また相手の怒りが再燃することは火を見るより明らかだった。

本部も同様の考えだった。

「すぐに被害届を取り下げろ。ヤクザ者を怒らせたらまずい」

敬は「というわけなので、被害届を取り下げたいのですが」と警察に連絡を入れた。すると、今度は警察側が烈火のごとく怒りだした。

「はぁ！？　今さら取り下げるだと？　こっちは荒木をパクるためにもう何か月もかけて準備してきたんだ。ようやく準備が整ったのに、取り下げるってどういう事だ！？　ぜったいにやる。このタイミングで逮捕する」

ふたたび、敬が本部に「警察はどうしても逮捕するって言ってます」と報告すると、小早川はしれっと言った。

「おまえの一存で取り下げることにしろ。本部は知らん」

結果、敬は警察に頭を下げ、謝り倒して、訴えを取り下げさせてもらった。

4．アイーン運動

新支店が、板橋区志村という場所に開設されることになった。

この新店舗は、石田頭取の肝いりだった。港南銀行として生まれ変わり、ようやく業務が起動にのってきた。ここが潮目と感じた石田頭取が、守りの姿勢から攻めの姿勢に転じるために開設したのだ。

この店舗に対して石田はユニークなアイデアを取り入れた。これまでのように無駄に箱の大きな建物ではなく、小型の店舗でありつつ、顧客のニーズ全てに対応できるオールラウンドな店舗とするプランだ。そのため、この店舗は少数精鋭の行員で効率よく稼ぐことが重要視された。そこで白羽の矢が立ったのが、敬だった。

敬は志村支店の開設準備を命じられた。石田頭取直々に「おまえの実力を試してやる。ここでおまえの将来が決まるぞ」と、脅しとも励ましともとれる言葉をかけられた。

「いきざまをご覧にいれますよ」

「ふん、相変わらず減らず口だな」

と、笑う石田の顔からトゲのようなものが消えていることに気づいた。よい感じに消えているのではなかった。むしろ、疲労の色が濃く、少しまぶたの影が濃くなったようにも見える。心労が溜まっているのだろうかと敬は感じた。

ともあれ、敬は志村支店を自分の色に染める気、まんまんだった。

オープン初日。行員たちを前に支店長として訓示を行う敬。新調したスーツに、勝負色の赤いネクタイ、かしこまった表情で行員たちを見わたす。

緊張した面持ちの行員たちは小声でささやきあった。

「あれが、うわさの外様田支店長か」「頭取にケンカ売ったとかいう」「できる男だけど、型破りらしいな」「まずはお手並み拝見ってとこか」「思ってたより若くてイケメン♪」

敬は、コホンとひとつ空咳をして、グイと不自然なほどあごを突き出した。行員たちは、支店長のただならぬ気配を感じ、あわてて姿勢を正し、口をつぐむ。緊張感レベルが一段階上がったようだ。

その場が静まりかえったタイミングで、敬は右腕をシャッと動かし突き出したあごの下に持ってきて
「アイ～ン」

と、やってのけた。

「?」「?」「?」「?」行員たちは、ただただ唖然としている。

ちょっとすべったかと敬は頭をかきながら言った。

「いや、ここ志村支店だからさ。志村けんといえば『アイ～ン』だろ」

あわてて説明すると、行員たちの表情が少しほぐれた。

「ま、いいや。支店としてのスタートダッシュのために『アイ～ン運動』をやろうと思っています」

「アイ～ン運動」という言葉に合わせ、再び突き出したあごの下に右手をシャキと持ってきた敬に、若手の行員がくすっと笑った。その隣の女子行員は、うつむいて笑いをこらえている。

「どんな運動ですか、それ?」

「営業に行くだろ。で、帰ってきたとき、うまくいったら『アイ～ン』ってやるんだよ。それだけ」

この時点でほとんどの行員が耐え切れず笑いだした。

「いいねぇ、その笑顔。その笑顔でお客様をお迎えしよう。で、うまくいったら『アイ〜ン』だよ。じゃ、行くよせーの」

「アイ〜ン」

行員たちの緊張は見事にほぐれた。

初日に新しい銀行はどんなものかと訪れた地元の顧客たちは、口々に「窓口の人が明るくて、いい感じだったわ」「なんか雰囲気がいいいんだよなぁ」と感想を述べた。

ところで、この新支店は、開設にあたり少々難しい課題を与えられていた。近隣にあった２店舗が統合され、新たに志村支店となったために元の地区が担当していた顧客を引き受けることになったのだ。新しい顧客たちには喜んで受け入れられたが、一方で「つぶれるかと思ったら、銀行の名前が変わって、やれやれと思ったら新店舗だって?」「ぶっちゃけ、遠くなるから不便なんだが」「こんなにころころ変わるなら、もう取引を辞めるよ」などと、もとの店舗の顧客からは、さんざん文句を言われた。支店長として赴任した敬の前途は順風満帆というわけではなかったのだ。

それでも、店の雰囲気というのはなんとなく顧客に伝わるもののようで、明るいムードが常に漂う志村支店は、徐々に顧客を増やすことができた。

敬は、個々の顧客の対応や細かい取引は営業担当に任せて、自分は企業などの大口客の開拓を担うことにした。営業担当の行員たちに「取引できそうな企業や大型建売プロジェクトなんかがあったらすぐ情報をくれ」と頼んでいたら、とある有力情報が上がってきた。

「光学機器や精密機器の加工をしているクラウンという企業さん。メインは他行なんですが、かつてゴルフ会員権を買っていただいたことがあります。優良企業さんですよ」

クラウンの本拠地は、まさに地元板橋である。

さっそく敬は挨拶に出向いた。その出会いがのちに自身の運命に大きくかかわることになるとは、この時の敬とクラウン社長の浅井は知る由がなかった。

「この地域に新しく出店しました港南銀行の外様田と申します。地元企業さんをバックアップしていきたいと思いますので、ぜひよろしくお願いします」

浅井社長はおちついた雰囲気の男性で「こちらこそ、よろしく」と快く敬に挨拶を返してくれた。旅の話やゴルフの話が弾み、初対面とは思えないほど互いにうまがあった。敬のことをすっかり気に入った浅井社長は、自身も属している10名程度の社長が集う会に紹介してくれた。中堅企業の社長たちが定期的に勉強や交流等を行い研鑽の場としている会に、敬も参加させてもらうことにした。

何度かその会に参加するうちに、とある中堅不動産会社の社長が敬に「これを見て欲しい」と出してきたのが、土地の図面だった。一目見て、敬は首をひねった。その土地が、いわゆる旗竿地と呼ばれる道路に接する間口が狭く奥まった形状で、家屋を建てるには不人気な土地だったからだ。

「ここを買って建物を建てたいんだけど、融資できるかね？」

人の良さそうな丸顔の不動産会社社長は、にこにこと目を細めて敬を見つめている。

敬は内心では（この土地は無理だな）とすぐに判断した。しかしその場でいきなり断るのも相手を不快にさせるだけだ。

「わかりました。ちょっと検討させてください」

と引き取り、2〜3日のうちにすぐ「申し訳ございません。こちらは融資しかねます」と返答をした。じつは、その不動産会社の社長は、ほかの銀行でもさんざん断られていたから、ある程度予想はついていたらしい。

「なるほどね。やっぱりダメか。でも、こんなにすぐに返事くれるなんて外様田君はフットワークいいね。じゃぁ、これはどうかな」

敬がすばやく判断して回答したことに気をよくしたらしく、別の物件をいくつか提示してくれた。敬は、その図面を確認するのと同時並行で、過去に不動産会社が手掛けた建物もその目で見て確かめた。造りのしっかりしたいい建物だった。「行ける！」と直感した。

そこで、すぐさま社長のもとに出向き「いい建物ですね」と率直な感想を述べた。

「うちの建物見てくれたんだ。どれを見たんだ？」

社長は、今日もニコニコと敬を迎えてくれた。敬は「いやぁ～」と感に堪えぬといった様子で何度もうなずいた。

「全部見せていただきました。どの物件もいい仕事されていますね。ぜひ前向きに融資を検討させてください」

「なんと全部見てくれたのか⁉　そうか、そうか。これは頼もしいな。よろしく頼むよ」

笑顔の社長のために、敬はがんばろうと誓った。

融資のための稟議書を書き、本部の融資部長に諮る。実績があり、建物もクオリティが高いなど、こまごましたことを説明すると、部長も「そうか、やってみるか」とポンと判子を押してくれた。

敬はすぐさま不動産会社社長のところに戻り「融資決まりました」と報告すると、社長は目を丸くした。

「まだ一週間しか経ってないけど。外様田さん、ホント仕事早いねぇ。気に入った！」

それからというもの、その不動産会社のプロジェクトにすべて敬がからむことになった。そのうちに「次の物件どこですか？」「○○だよ」「では、先に見ておきます……社長、いい場所でしたよ」と、不動産会社の社長の仕事を先廻りして敬が土地の視察をするまでの関係になった。

5. 最優秀店舗

そんな追い風もあり、志村支店は順調に成績を伸ばし、とうとう港南銀行の最優秀店舗として表彰を受けるまでになった。

「外様田さん、ついに最優秀店舗の支店長としてスピーチをするらしいじゃないですか。おめでとうございます！」

森野から敬の携帯にそんなメールが届いた。

港南銀行では、最優秀店舗の表彰を受けた支店長は、頭取以下役員たちを前に受賞スピーチを行うことになっていた。しかし、その内実はといえば、受賞スピーチというよりは出席している上層部の面々に対して「表彰してくださって、本当にありがとうございます」というご機嫌取りに特化した内容だというのが通例であった。

また森野からメールが届いた。

「外様田さん、波風立てちゃダメですからね。穏便に上層部をよいしょしてきてくださいよ！」

森野のおせっかいな追伸に、敬は苦笑した。

「あいかわらずあいつは心配性だな」

表彰式当日、敬は支店の行員たちを引き連れ、表彰式会場に向かった。

頭取以下、本部の重鎮たちがずらりとならぶ緊張感ただよう会場である。敬はそんなことを意に介さず、上層部に忖度をするつもりもなかった。

「この度、表彰をしていただきましたが、ここまで来られたのは、ひとえに志村支店の行員たちひとりひとりががんばってくれたからです。統合した前の店舗のお客様からは不便になったと文句を言われても、行員のみんなは明るく対応してくれました。私たちが短期間にここまで成績を伸ばせたのには、とある運動に取り組んだからです。その運動とは……」

上層部の面々は「ほぉ？」と興味深そうに体を乗り出したが、志村支店の行員たちの間には緊張が走った。

（まさか、支店長……あれをやるつもりじゃ）（さすがにここではやらないだろ）（わからんぞ、だって外様田支店長だから）

支店の行員たちの懸念どおり、敬はぐいと突き出したあごの下に手をシャキとそえて「アイ～ン」とやってみせた。上層部のお偉方は、ぽか～んである。

いっぽう支店の行員たちは、大爆笑。港南銀行史上、最高に盛り上がった表彰式となった。

一事が万事そんな調子で、支店の面々で旅行に行ったり、ゴルフを楽しんだり、和気あいあいとした空気をベースに、志村支店の行員たちは、伸び伸びと仕事をこなし、積極的に意見を述べあったり、健全に営業成績を競い合うなど、好循環を見せていた。

港南銀行としても、頭取の思惑通り志村支店がうまくいったので、さらに新しい店舗を出す計画を立てていた。その最中に思わぬ出来事が起こった。

6. 逆さ合併

当時の4大都市銀行のうち、旧財閥系の2行が合併してできていたメガバンク「三友銀行」が港南銀行と合併することになったのだ。内実は、港南銀行が三友銀行に吸収されるという合併であった。しかし、ここでとんでもないウルトラCの裏技が発動された。

三友側があまりにも多くの不良債権を抱え込みすぎていたため、港南銀行を吸収合併すると決算上マイナスになってしまう。そこで、港南銀行が三友銀行を子会社化するという「逆さ合併」が行われたのだった。

とはいえ、一般的な知名度は三友銀行のほうが上である。当然の結果として三友銀行の名が残ることになった。あくまで書類上では、港南銀行が三友銀行を吸収合併したという形式となったが、実際には港南銀行は、ふたたびすべての看板を三友銀行の名前にかけかえることになった。

こうして港南銀行は、わずか8年という短い期間で、経済の表舞台から姿を消すことになるのだった。

敬がメガバンクの支店長になったことを親戚縁者は「すごいな」とほめそやした。しかし、敬の心中は複雑だった。もっと言えば、虚しさすら感じていた。

それは、合併後初めて三友銀行の支店長会議に出席したときのこと。広い会議室に入ると、さすがメガバンク、約千人もの支店長が一堂に会していた。店番号1番の支店長から順に前の方へ座っていくと、店番号が９００番台の志村支店長である敬の席は、頭取の姿がはるか遠くにしか見えなかった。

そのとき脳裏に伊達の声がよみがえってきた。

「外様田、おまえは頭取をめざせる器だ。てっぺん目指してとことんやれ！」

敬はふっと目を伏せ、苦笑した。

(伊達さん、支店長になって、さぁこれからというときに、こんなことになりましたよ。さて、どうしたもんでしょうね)

一カ月後、旧港南銀行の石田頭取のもとを訪れる敬の姿があった。石田は頭取の役をしりぞいて、今は常務の席に座っていた。

「おぉ、外様田くん。久しぶりじゃないか」

なぜかこのとき、石田は席から立ち上がり、まるでかつての戦友を迎えるかのように敬に歩み寄った。そして、

「いや、君とずっと話したいと思っていたんだ」

と、右手を差し出した。握手を求めたのだった。

しかし、敬は懐に手を入れ、白い封筒を差し出した。

「石田常務、これを受け取ってください」

石田は、思わず息をのんだ。

「……辞めるというのか。辞めてどうしようというんだ」

敬は顔を上げると「やりたいことがあります」

「それは、君にしか、外様田敬にしかできないことなのかね？」

「はい」

敬は静かだが、力強くうなずいた。

石田は、隠しようもなく不愉快そうな表情を浮かべる。

「君には驚かされてばかりだ。本当に気にくわん男だ。私の思惑をことごとく潰していく」

敬は静かに頭を下げた。石田のことを嫌っていたわけではない。やみくもに刃向かっていたわけでもない。そのことを説明しようと顔をあげた敬が見たのは、石田の笑みだった。

「まぁ、おまえらしいな。このガチガチに固まった旧財閥系メガバンクのカゴの中では息苦しいだろう。自由に羽ばたいて戦ってみろ」

と、石田は再び右手を差し出した。

石田が自分の思いを理解してくれていることを悟った敬は、安心して、石田の手を両手でがっつりと握り返した。

こうして、外様田敬の２５年に渡る銀行員生活は幕を閉じた。

エピローグ【運命を翻弄した男】

石田にははっきりとやりたいことの中身を告げなかったが、敬は退職後の青写真をすでに描いていた。やりたかったのは、ペットフードの販売だった。

かつて敬を日々なぐさめていてくれたラッキーがきっかけだった。ヤクザに追われた日々、残業続きでくたくたに疲れた日、上司にネチネチといじめられた日、家に帰った敬を盛大にしっぽを振り、出迎えてくれるラッキーにどれほど癒されてきたことか。

飼い始めた頃のこと。無造作に与えていたフードが原因でラッキーは体調を崩した。原因は不明だったが、試しにフードを変えてみるとたちまちラッキーの体調がよくなった。当時、日本ではまだ飼い犬のフードにそこまでこだわっている人は少なかった。しかし、敬は、愛犬とその飼い主の幸福のために、良いペットフードを広めていくべきだと感じていた。

目論見は当たった。ペットブームが起き、犬を飼う人も増えてきた頃から、自然志向のペットフードに興味を持ってくれる人も多かった。勢いにまかせて店を構えたが、個人経営の店がそこまでうまくいくわけもなく、苦戦した。打開のヒントを求めて参加したセミナーに参加した帰りの電車。となりの席にがたいのいい若者が座った。さっきのセミナーで一緒だった若者だと思いだした敬は、いつもの調子で話しかけた。

いきなり話しかけられたことに驚きつつも、若者は楠木と名乗った。一旗あげるつもりで鹿児島から出てきたが、うまくいかずその日暮らしだと言う若者の話を聞いているうちになぜか、実家の離れに楠木を住まわせることになり、翌日から、楠木は敬のペット用品店で仕事をすることになった。当時はやりはじめていたネット販売に取り組むこととなり、彼がそのメインの担当者となった。

そんなとき、敬は志村支店で働いていたときに知り合ったクラウンの浅井社長と再会する機会があった。「久しぶりだな、今なにやってるんだ」という話から、ペット用品店を経営していることを説明すると「そうか、もし時間あるなら少しクラウンの仕事を手伝って欲しい」という話になり、仕事を手伝い始めたら、浅井社長の「金融の知識があるから会社経営もできるだろう」という判断で、なんと敬が浅井社長の跡を継ぐことになった。

クラウンの社長となった敬。コロナ下では事業の縮小などもあったが、サブで行っていた半導体の仕事が起動にのり、忙しくなったことから、ペット用品会社を息子に継がせて、自分はクラウンの仕事に専念。そして楠木も社長の右腕としてクラウンへ。第二工場、第三工場を建設して見事に会社のかじ取りをしている。

なお、ペット用品会社のほうは、犬の訓練士の資格を取った息子が犬の学校として発展させている。さらにトリミングサロンを開設した息子と事業の話をしていて、敬はトリプルヘッドシャワーというペット用品の開発を思いついた。これまでは、犬のシャンプーは、シャンプーを泡立て、体を洗ったのち、シャワーで洗い流すのが通常だ。このトリプルヘッドシャワーは、スイッチを入れれば泡が出て、犬の身体を一気に洗えるという優れものだ。トリミングの時間が短縮されるので、犬とトリマーにとっての負担が減る。トリプルヘッドシャワーは、ペット業界で注目の商品となったのに加え、板橋区のものづくり大賞を受賞した。

こんなふうに、敬の仕事への情熱は失われるどころか、ますます燃えさかっている。

幼少期、青年期には運命に翻弄されがちだった男、外様田敬。社会にでてからは、持ち前の明るさとバイタリティで、むしろ運命を翻弄した男となった。

〈あとがき〉

この小説は、実話をもとにしたフィクションです。どの程度実話かといえば、ほぼ実話です。ただ、各位にご迷惑がかかる可能性もあるので、作中の人物名や銀行名はすべて仮名にさせていただきました。

私のことをご存知の方は「あったなぁ」「そういえば」と、昔を懐かしみ、楽しんでいただけるかもしれません。ご存知ない方は「まるで半沢○樹のよう！」という感想を持たれるのではないかと思います。そうなのです。バブル前からバブル絶頂期、バブル崩壊中の日本の銀行には、こんなドラマがあったのです。その一端をぜひ皆様にも知っていただきたく、こうして小説にまとめたという次第です。

そもそも、この小説を書こうと思ったきっかけは、過日参加いたしました銀行のOB会で「池田さんの人生ってほんとに不思議ですよね」「ぜひとも小説にして残すべきですよ」などとおだてられたからなのですが、望まれたからには、どうしてもその期待に応えたくなってしまうのが、私という人間です。おかげでこうして形になりました。

本当に不思議なご縁と運命の糸により、私はじつにさまざまな経験をさせていただきました。振り返ってみればすべてのことは一つにつながり、水が低い場所に流れるがごとくの歩みであったと思います。それにしても、２５年間も銀行畑を歩いてきた私が、まさか光学機器、精密機器等の加工組立を行うクラウンという会社の社長を務めることになるとは、夢にも思いませんでした。

現在クラウンはガス検知器の海外戦略の商品開発の試作から組立に携わり「なくてはならない絶対の存在感を構築」すべく社員一体となり頑張っています。

クラウンは起業して５６年（私が社長として１０年）経っていますが、１００年企業に向けて

Chance（チャンス）どんな環境も前向きに捉え
Change（チェンジ）臨機応変に対応し
Challenge（チャレンジ）果敢に挑戦し続ける

をテーマに掲げて日々仕事に取組んでいます。

クラウン社長　池田正人

■著者プロフィール

池田正人（いけだまさと）

外様田敬　お前の生き様を見せてみろ！

2025年4月18日　第1刷発行

著　者——池田正人

発行者——高木伸浩

発行所——ライティング株式会社

〒603-8313　京都市北区紫野下柏野町22-29

TEL：075-467-8500　FAX：075-468-6622

発売所——株式会社星雲社（共同出版社・流通責任出版社）

〒112-0005　東京都文京区水道1-3-30

TEL：03-3868-3275

copyright © Masato Ikeda

印刷製本：有限会社ニシダ印刷製本

乱丁本・落丁本はお取り替えいたします

ISBN978-4-434-35561-5　C0093 ¥1500E